Karsten Matta, vierzig Jahre alt und Familienvater, bereist seit fünfzehn Jahren die Krisengebiete der Welt für eine internationale Consulting-Firma. Bis er eines Tages im Warteraum eines Konsulats mit seinem bisherigen Leben bricht. Das Buch erzählt die Geschichte einer Liebe, die auch Selbstzerstörung ist, und einer Flucht, in die Matta alle hineinzieht, die ihn lieben. »Matta verlässt seine Kinder« ist die Geschichte eines verzweifelten Amoklaufs durch ein nur scheinbar friedliches Land.

Gregor Hens wurde 1965 in Köln geboren und lebt in Berlin und in den USA. Sein erster Roman, »Himmelssturz«, erschien 2002, 2003 seine Erzählungssammlung »Transfer Lounge«.

Unsere Adresse im Internet: www.fischerverlage.de

Gregor Hens

Matta verlässt seine Kinder

Fischer Taschenbuch Verlag

Veröffentlicht im Fischer Taschenbuch Verlag,
einem Unternehmen der S. Fischer Verlag GmbH,
Frankfurt am Main, August 2006

Druck und Bindung: Clausen & Bosse, Leck
Printed in Germany
ISBN-13: 978-3-596-16119-5
ISBN-10: 3-596-16119-3

zu diffus ist der Akt der Gewalt

W. G. Sebald

Freitag

Der Minutenzeiger hängt fest. Alle sechzig Sekunden baut sich Druck auf, der Zeiger soll seiner Anlage folgen, soll umspringen. Er strebt an der linken Seite hinauf in Richtung der achten Stunde. Er zerrt in Richtung Westsüdwest.

Nach dreißig, fünfunddreißig Sekunden, einer halben Ewigkeit im dumpfen, überheizten Warteraum des Konsulats, beginnt sich das Material im Inneren der Wanduhr zu dehnen, es biegt sich. Ein millimeterlanger Hebel drückt gegen eine Metallsperre, vibriert kaum merklich. Mit der immer wieder einsetzenden Kraft eines winzigen unrunden Schwungkörpers, mit der weiteren Drehung eines Zahnrads um einen halben Tick, erhöht sich der Druck noch einmal. Fünfzig, fünfundfünfzig, siebenundfünfzig. Die kleine Blechspirale ist bis zum Äußersten gespannt, gleich, gleich – jetzt muss sie springen.

Im letzten Moment rutscht etwas, eine Art Notkupplung. Der Zeiger fällt zurück. Wenn die Stille im Raum absolut wäre, wenn da nicht das Grundrauschen wäre von der Straße und vom Klimasystem des Gebäudes, könnte man ein dünnes Knacken, wie den Laut eines überdrehten Flaschenverschlusses, hören. Den Auslöser einer guten Kamera. Der Zeiger fällt zurück in seine Ausgangsposition, ruht. Der verborgene Mechanismus sammelt Kraft für den nächsten Anlauf.

Karsten spürt, obwohl er weder den tödlich langsamen Taktschlag hört, der sein Warten punktiert, noch das seismische Erzittern des Uhrzeigers an der gegenüberliegenden Wand ausmachen kann, die Anstrengung, die Konzentration, die den blassgrün tapezierten Raum immer wieder von neuem erfüllt. Es scheint ein Wille, eine Unnachgiebigkeit in diesem Vorgang zu liegen.

Es ist ziemlich genau 18 Uhr 38 in Karatschi –

Fuck Karatschi. In Karstens linkem Auge platzt, als er den Blick von der Uhr abwendet, ein Blutgefäß. Er merkt es nicht, aber er spürt, dass sich irgendwo in seinem Kopf ein Stau gelöst hat. Er spürt es und weiß, was er zu tun hat. Er steht auf und geht quer durch den Raum, er geht mit großen, unsicheren Schritten auf den Wachsoldaten zu, der gelangweilt in der Tür steht und mit seinem Handy spielt. Noch im Gehen streckt er dem Soldaten – dürr, picklig, keine zwanzig Jahre alt – die Papiere entgegen. Fordernd. Zitternd. Er bringt kein Wort heraus, noch nicht. Er kann nichts sagen. Er wird sich nicht zusammenreißen können. Er weiß, er wird schreien müssen und er wird heulen müssen, wenn er jetzt den Mund aufmacht. Sein linkes Auge läuft rot an. Seine Haare sind nass wie nach einem Fiebertraum.

Er hatte stundenlang hier gesessen. Er war früh aufgestanden, mit den Kindern, er hatte sogar Fruit Loops mit ihnen gegessen und zwei Finger in seinen Sprudel gesteckt und versucht, dem Kleinen, den sie Malte nannten, obwohl er Friedrich hieß, die feinen Haare mit den Fingern glatt zu streichen. Der hatte einen widerspenstigen Wirbel auf dem Kopf. Das kannte Karsten noch von seinem Bruder damals. Dann hatte er sie losgeschickt, hatte gesagt, ich reise wieder, wir sehen uns eine Weile nicht, also macht es gut, aber sie registrierten das kaum. Sie standen auf, ließen sich von Rebecca zur Tür hinausschieben, zu irgendeinem Schwimmkurs. Los, ich bring euch da hin, sagte sie. Habt ihr alles? Schnelle Schritte im Flur, auf den Marmorstufen, dann war es still. Kurz darauf fuhr auch Karsten, er hatte sich eine Hand voll Fruit Loops in die Tasche gesteckt und aß, er stand auf der Griebener Allee, es tat sich nichts wegen einer Baustelle und er konnte den Stau nicht umfahren, weil er sich nicht auskannte in dieser Stadt, in der er seit zwölf Jahren wohnte. Im Radio lief ein altes Lied, es hieß *Kooks*.

Er war trotzdem früh, sehr früh im pakistanischen Konsulat erschienen, sie hatten gerade aufgemacht. Türen öffneten sich und schlossen sich wieder. Irgendwo röchelte eine Kaffeemaschine, müsste entkalkt werden, dachte er. Die teilgelähmte Karatschi-Uhr zeigte kurz nach halb zwei und kämpfte mit sich selbst. Karsten trug sich als Erster und Einziger an diesem Vormittag in eine ausliegende, auf ein Holzbrett geklemmte Liste ein – der Kugelschreiber hing an einer zu kurzen Schnur –, er trug seinen Namen ein, Staatsangehörigkeit, Ankunftszeit, Passnummer. Die er auswendig konnte. Er wartete eine halbe Stunde, eine Stunde, er las die Zeitung von hinten nach vorne, er las sogar die Meinungsseite. Die Nachrichten aus dem Ausland überflog er nur. Als er die kleinen Meldungen las, Zuchterfolg im Zoo von San Diego, Zucht in der Gefangenschaft, Städte – Gemeinden – Finanzen und der Bundespräsident und jemand erhält eine Auszeichnung, mit Gala, und Kinderdorf und Vandalismus in der einzigartigen Doppelkirche von Schaffenberg, da hörte er endlich: Matta. Schalter eins. Matta, Karsten. Es war bereits nach elf.

Er legte seinen Pass in das Fach unter dem abgetönten Schalterfenster, den sauberen Pass, er sah zu, wie er in der Schublade verschwand, konnte den müde wirkenden Beamten hinter dem Panzerglas kaum erkennen, geschweige denn verstehen. Der Mann sagte etwas, er redete mit Karsten oder er befahl ihm etwas, so sah es wohl aus, er sagte etwas zu Matta, K., M-a-t-t-a, Vater von Friedrich (Malte), einem Fünfjährigen, und von Christian (Chris), dem dunkelhaarigen, schnellen, einsam-genialischen Torjäger der evangelischen Grundschule Aloisstraße, Berlin-Tiergarten. Aber Matta, K., verstand kein Wort, hatte keine Ahnung, was der Mann von ihm wollte, er hob die Hände, wie ein Priester beim Gebet oder als würde er sich ergeben, sehr routiniert, wie er das machte, und er schüttelte den Kopf, rief, wie bitte? ... what is it? ... ich kann Sie beim besten Willen nicht verstehen. I can't hear you. Dann schaltete der Mann endlich das Mikrofon ein und brüllte seine blechernen Anweisungen in den Raum hinein.

Füllen.

Sie.

Aus.

Karsten füllte aus, Formulare, einen ganzen Stapel dieser idiotischen Formulare, deren gelbe Durchschläge er jetzt in der schwitzenden, zitternden Hand dem Wachmann entgegenhält. Im Kopf immer wieder dieser Satz. I can't hear you. I can't hear a fucking thing you say. I am Mat-ta. I can't hear a fucking thing you say. Immer dieselben Fragen. Beruf, Zweck und Dauer des Aufenthalts. Please type your answers. Die Passnummer. Immer wieder die Passnummer, Ausstellungsort des Reisedokuments. Gültig bis. Noch einmal der Name, hier in das graue Feld, noch einmal die Passnummer. M-A-T-T-A. Die Nummer, Matta, zehnstellig, du kannst sie auswendig. Beruf ... heute nennst du dich *post-conflict analyst,* das hört sich gut an. Berichterstatter im Dienst von Institutionen und global agierenden Konzernen. Sie sollen dich nicht für einen Journalisten halten.

Ausgestellt in

Ausgestellt am

Ausgestellt in Bonn.

Es kann sich nur noch um Minuten handeln. Wir bitten um Verständnis, Herr. Es war zwölf Uhr, der Botschaftsangestellte, der in den Warteraum getreten war und sich umgeschaut hatte, als säßen dort hundert Leute, Antragsteller, die alle in *sein* Land reisen wollten, die sich alle nichts Besseres vorstellen konnten, als in *sein* Land zu reisen und Geschäfte zu machen mit *seinen* Landsleuten, war von ausgesuchter Höflichkeit. Ein Arschkriecher, dachte Karsten. Ein Konsulatsarschkriecher. Ein Prachtexemplar dieser globalen Klasse, aus der auch Hauswarte rekrutiert werden, Diakone, Staatsminister. Karsten war weiterhin der einzige Besucher. Er stand nicht einmal auf. Der Sachbearbeiter sei in einer wichtigen Besprechung, sagte der Arschkriecher, er werde sich aber bald kümmern. Ein paar Minuten Geduld noch. Nur ein paar Minuten. Dann werde sein Antrag bearbeitet. Bestimmt.

Karsten nahm einen Müsliriegel aus der Tasche und trank aus einer mitgebrachten Wasserflasche. Er wartete, las. Schaute auf die Karatschi-Uhr, deren Minutenzeiger fest hing. Er las einen Artikel über eine Aidskonferenz. Diese Zahlen. Es gibt nichts Eindringlicheres als diese Zahlen, dachte Karsten. Scheiße. Trockene Zahlen, trockene Millionen. Tote. Sterbende. Ganze Staaten sterben. Kein Bild, kein Satz ist diesem Elend gewachsen. Nichts, das an die harte Abstraktion der Zahlen heranreicht. Dann ging er aufs Klo, musste sich an dem im Türrahmen postierten Wachsoldaten vorbeidrängen. Der rührte sich nicht und sah ihn nicht an. Als Karsten mit nassen Händen in den Warteraum zurückkehrte, stand wieder der Konsulargehilfe da, händeringend, aber nicht ernsthaft, nicht ehrlich händeringend, und meinte: Es werde nun doch noch ein wenig dauern. Wir bitten um Verständnis. Ich versichere Ihnen, Sie kommen als Erster dran. Als Erster.

Arschloch. Als Erster? Ich bin der Einzige hier. Verständnis wofür? Ich will, dass du mir sagst, wofür. Dass ihr es nicht schafft, vor der Mittagspause, vor eurer Scheißmittagspause, einen Stempel in meinen Pass zu setzen? Ich habe euch sogar den sauberen gegeben, da ist nichts drin, kein Kontrollstempel einer Einwanderungsbehörde, als wäre ich noch nie in Amerika gewesen oder in Tel Aviv. Verständnis wofür? Dass ihr es nicht schafft, eure lächerlichen Wertmarken einzukleben in meinen sauberen Pass, die Wertmarken, die ich euch bar bezahle, bar in Euro oder in Dollar, von mir aus in Baht oder in einer anderen Müllwährung? Verständnis dafür, dass ihr meine Zeit verschwendet, meine kostbare Zeit, die ich nutzen könnte, um eine Investitionsempfehlung zu schreiben, ein positives *security assessment*, über *euch*, eine Empfehlung an die Strategen, bei *euch* zu kaufen oder bei *euch* zu fördern und zu bauen... Warum verschwendet ihr meine Zeit, warum, macht es euch Spaß? Warum sagst du so etwas, Idiot, warum sagst du mir, dass es dir Leid tut, warum bittest du um Verständnis, Verständnis wofür, dass ihr inkompetent seid und kriminell und dass ihr nicht einmal das kleine Konsulat hier im Griff habt, diesen Miniaturpalazzo, diese Hütte, geschweige denn euer Land oder die Leute, die in diesem elenden Land leben? Warum lässt du mich nicht einfach noch ein paar Stunden hier sitzen, warum lässt du mich nicht schmoren, was hast du davon, hier den Affen zu machen und um Verständnis zu bitten, wenn du es nicht ernst meinst? Was willst du von mir, warum lässt du mich nicht einfach in Ruhe hier sitzen, ich weiß ja, dass deine Vorgesetzten faul sind und inkompetent und dass es ihnen egal ist, wer in ihr Land einreist und was mit diesem Scheißland passiert. Du willst mich erniedrigen, du willst deine Macht ausspielen, willst zeigen, wer am längeren Hebel sitzt, das tust du und du machst deine Sache nicht einmal schlecht, also, ich bin ausgeliefert, ich brauche den Scheißstempel, ich brauche ihn heute, gleich, und wenn ich dafür bezahlen muss. Sag mir, was der Scheißstempel kostet und ich bezahle ihn euch, ich bezahle gut, in bar, in Dollar oder Baht oder Euro oder in eurer eigenen Scheißwährung, jetzt geh weg und lass mich hier sitzen oder tu etwas für mich. Hauptsache du hörst auf, um Verständnis zu bitten. Scheiß Verständnis, dir ist es egal, scheißegal, ob ich verstehe. Du willst etwas von mir, du willst etwas für dich, dein Ego, du hast nichts Besseres zu tun hier als mir zu zeigen, wer der Boss ist in dieser Situation. Hier. Jetzt. Darum geht es dir. Das kannst du haben.

Aber Karsten sagte kein Wort, keinen dieser Sätze, die ihm durch den Kopf jagten, er sah dem Arschkriecher nach, der zur Tür hinausschlurfte, er sah, wie der Arschkriecher die Tür hinter sich zuzog, er sah ihm nach und hätte gern den Gesichtsausdruck gesehen, wollte wissen, ob der Mann jetzt grinste oder ob es ihm ganz egal war. Karsten sagte kein Wort, blieb sitzen, er wartete, er kannte das ja, war hundertmal in diesen Situationen gewesen, sie kamen mit Entschuldigungen, sie erfanden vielleicht sogar Gründe, und immer ging es nur um eins. Festzustellen, wer die Regeln bestimmte für das Spiel, das sie spielten. Einschüchterung, Erniedrigung, Unachtsamkeit, die über Jahrhunderte, jahrtausendelang gepflegte Arroganz dieser Leute.

Er wartete noch einmal zwei Stunden, starrte die blassgrünen Wände an, bis ihm beinahe schlecht wurde, er las die Kommentare auf der Meinungsseite, die Fernsehkritiken, sogar das Horoskop in einer ausliegenden Zeitschrift: Überschätzen Sie sich nicht. Nehmen Sie sich Zeit für Ihre Freunde.

Die Wanduhr kämpfte mit sich selbst. Karsten Matta, vierzig Jahre alt, Reisender seit fünfzehn Jahren für einen kleinen, hocheffizienten Think Tank, der von einem Londoner Vorort aus geleitet wurde und Global Players belieferte und Anlagefonds, Ölmultis, Ämter, Regierungen und ihre Geheimdienste, stand auf.

Matta, K., Krisenspezialist, ein sehr erfolgreicher Mann alles in allem, allein schon, weil er bis hierhin überlebt hatte, ein Gutachter, der Regionen, ganze Länder analysierte, empfahl, verwarf, der den Frieden feststellte für die Manager global agierender Emerging-Market-Fonds, einer, der anreiste, wenn die meisten Journalisten, deprimiert und abgekämpft, gerade auscheckten, stand auf.

Matta, K., Vater von zwei Kindern, die Ruhe selbst, einer, der alles gesehen hatte, ohne abgebrüht zu wirken, den nichts aus der Bahn werfen konnte, weil er auf alles gefasst war – er stand auf, ging quer durch den großen, stickigen Raum auf den Jugendlichen zu, der hier den Soldaten machte, er ging mit großen, aber unsicheren Schritten, er wäre beinahe gestolpert, er zitterte, er schwitzte am ganzen Körper, es zitterten die Durchschläge in seiner Hand.

Behaltet euren Scheiß, schrie er, behaltet eure schmierigen Formulare, fahrt selbst in euer Land, in dieses Scheißland, schrie Karsten, dessen linkes Auge knallrot angelaufen war. Er drückte dem Soldaten seine Durchschläge an die Brust. Er ging ganz nah ran an den Soldaten, baute sich vor ihm auf, er schrie es dem lethargischen Jungen ins Gesicht, wobei deutlich erkennbare Spucketröpfchen flogen. Dein Scheißland, deine Scheißbotschaft, deine dreckigen Formulare. Hier. Er ließ die Papiere, als der Soldat keine Anstalten machte sie festzuhalten, fallen, zog einfach seine Hand zurück. Gelbe, rosa, grüne Seiten segelten hinab, landeten auf dem dreckigen Teppichboden zwischen ihren Füßen. 18 Uhr 38 in Karatschi. Die ersten Nachtmärkte öffneten bereits.

Dann ging er zurück zu seinem Stuhl, nahm seine Jacke und die Umhängetasche und lief aus dem Zimmer. Noch einmal vorbei an dem Jungen, der nichts gesagt hatte die ganze Zeit, kein Wort. Vielleicht verstand er ihn nicht, vielleicht sprach er kein Deutsch oder er sprach gar nicht, vielleicht hatten sie ihm die Zunge rausgeschnitten, hatten ihn präpariert für diesen Job wie einen Eunuchen im Harem, vielleicht reichte auch die Drohung oder die Anweisung des Vorgesetzten. Du stehst da und sagst keinen Ton und machst Meldung, wenn etwas ist. Das ist alles. Wenn du nicht spurst, schicken wir dich zurück. In das Dorf, aus dem du geflohen bist. Da hast du noch ein paar offene Rechnungen, nicht wahr? Freund? Antworte.

Was ist das für ein Scheißland, schrie Karsten und lief den Flur entlang, auf dem niemand zu sehen war, die Treppe hinunter, was ist das für eine Schande, dieses Land, selbst für die verkommene, verseuchte Region, in der es liegt. Er war am Ausgang, sie hatten ihn nicht verfolgt, zumindest nicht sichtbar, anscheinend war es ihnen egal, was er dachte oder ob er sie beleidigte und beschimpfte. Hauptsache, er beschädigte nichts und griff niemanden an. Einfach ein Journalist, dachten sie wohl, der ausgerastet ist. Lassen wir ihn ziehen.

Er kam an die Sicherheitsschleuse, eine Konstruktion aus zwei Türen und einer Glaswand, hinter der ein Wachmann saß. Karsten rüttelte an der ersten Tür, bis sie sich öffnete, er wurde hereingelassen von dem Wachmann, der die Anlage bediente, der so tat, als würde er nicht verstehen, was Karsten Matta aus sich herausbrüllte. Ihr Idioten, ihr Idioten, rief er und schlug dreimal sehr schnell mit der Hand gegen das Panzerglas, dem Wachmann ins Gesicht, er rief noch einmal, ihr Idioten, Fuck you all, fahrt selbst in euer Scheißland, ich mache das nicht mehr. Scheiß Pakistan, rief er, Scheiß Karatschi, Drecksloch, euer Scheißkrieg, stempelt euch eure eigenen dreckigen Pässe ab, fahrt selbst hin und schreibt über das Elend und lasst euch erpressen, ich will es nicht, ich tue es nicht mehr, ich werde euch den Gefallen nicht mehr tun, sie werden einen anderen finden, aber ich werde es nicht mehr tun, ich werde euch den Gefallen nicht mehr tun, ich fahre nicht mehr nach Pakistan oder auf den Balkan oder nach Afrika, ich berichte nicht mehr über Menschen, die sich gegenseitig abschlachten, die einander ausrauben, vergewaltigen. Männer, die ihre Frauen anzünden und die Kinder ihrer Nachbarn vergewaltigen. Möglichst schnell und möglichst oft und möglichst brutal.

Er stand jetzt in der Glasschleuse und versuchte, flach zu atmen, weil er an Gas dachte, an Gaskammern und an Tierversuche, und er sah dem Wachmann direkt in die schwarzen Augen und da merkte er, wie still es war in diesem Kasten, man hätte das Knacken eines überdrehten Flaschenverschlusses hören können, in hundert Metern Entfernung, das Innere einer defekten Wanduhr. Dann versank auf einmal alles, was ihn eben noch zum Rasen gebracht hatte, die Visumsabteilung und der Konsularbeamte und Lahore, diese Hölle, oder Karatschi, alles zerrann und verflog und er hatte nur noch diesen einen Gedanken im Kopf...

weil Malin angerufen hatte, zweimal, aus Kalmar und dann, am Morgen, aus Helsingborg. Sie hatte angerufen und sie hatte geweint. Wegen des Großvaters. Er stand in diesem Glaskasten, in einem Vakuum, es dauerte Sekunden, bis der Wachmann endlich den Schalter betätigte, und in diesen Sekunden dachte er an nichts anderes als an Malin und an Kalmar, an den Strand am Kalmarsund, an den Schnee, von dem sie erzählt hatte. Er wollte nach Kalmar, an den windstillen, verschneiten Strand, da wollte er stehen und durch die dicken, unendlich langsam trudelnden Flocken hindurch ihr Gesicht betrachten, er wollte es abtasten, die kleine Erhebung unter dem Mundwinkel mit dem Daumen lesen wie Brailleschrift, er wollte sie heranziehen, umarmen, sich in ihrer Schulter vergraben, ihren Hals an seiner dunkelsten Stelle küssen, er wollte ihre Haare berühren, diese weichen Haare, und riechen, die Haare und den Schnee, und zwar jetzt, sofort, aber Malin war längst in Helsingborg, wo sie sich von ihrem Großvater verabschieden sollte, für immer. Und er stand in diesem Glaskasten in der pakistanischen Botschaft und die Stille brach über ihn herein, er wartete auf das Gas, er war ausgeliefert, einem Mann mit pechschwarzen Augen und ebenso schwarzem, glänzendem Haar. Der Mann sah aus, als hätte er ein Toupet aus Hundefell auf dem Kopf.

Der Großvater hatte keine Ahnung, wer sie war. Er hatte seine eigene Enkelin nicht erkannt, als sie ins Zimmer trat. Sie war aus dem Taxi gestiegen vor dem kleinen, geduckten Haus, an dem der Wind zerrte, war hereingekommen. Die Großmutter mit ihrer grauen Haut, mit den wächsernen, fast transparenten Lidern, die sie kaum noch nach oben zog, hatte sie an der Haustür empfangen, wortlos, als käme sie zu einer Totenwache. Malin war die paar Stufen hinaufgestiegen und hatte ihre Tasche abgestellt. Sie hatte den Mantel, den schwarzen mit dem Kragen aus Kunstpelz, zu dem Karsten sie überredet hatte in Paris, ausgezogen und über das Geländer gelegt. Hatte die Großmutter kurz umarmt. Dann war sie ins Zimmer getreten.

Der Gestank verschlug ihr den Atem. Hallo Opa, sagte sie, Opa, lass dich anschauen. Opa, bist du wach? Früher hatte er sich immer gefreut, wenn sie gekommen war, wahnsinnig gefreut, hatte schon Tage vor ihrer Ankunft erste Vorbereitungen getroffen, die Einfahrt gefegt, süße Limonade in den Kühlschrank gelegt, obwohl sie die längst nicht mehr trank. Er war sogar in den Tabakladen um die Ecke gegangen und hatte irgendwelche Frauen- oder Fernsehzeitschriften gekauft, die er ihr auf ihren Nachttisch legte. Als sie schließlich begann, ihn zu umsorgen wie ein Kind, als sie ihm die Vorbereitungen abnahm, ließ er es sich gefallen. Malin war es dann selbst, die die Einfahrt fegte, während er am Fenster stand, hierhin und dorthin zeigte. Er war einverstanden mit seiner neuen Rolle, offensichtlich. Und Malin war es, die die Flaschen aus dem Keller holte, während die Großmutter am Küchentisch saß, unbeweglich, und Kreuzworträtsel löste. Es war gut gegangen. Es hatte Malin nichts ausgemacht, dass sie herumkommandiert wurde.

Was sie hier vorfand, das war neu und es war schlimm. Die Großmutter sagte kein Wort, wirkte durchsichtig, gespenstisch. Der Großvater sah sie an wie eine Fremde, einen Eindringling, er betrachtete sie mit Abscheu und Angst und schließlich mit Lust und Gier. Die Natur, so schien es, spielte ihm einen letzten Streich. Er wusste nicht, wer diese Frau war, diese große, junge Frau, die hereingekommen war und sich bewegte, als würde sie sich auskennen in diesen Zimmern. Was er sah, was sein durchlöchertes Gehirn noch wahrnahm, war ihr festes Fleisch, die hellen, strähnigen Haare, ihre kleinen, festen Brüste, das immerhin konnte er noch erkennen mit seinen Augen, obwohl im Inneren die Netzhaut in Fetzen hing. Wer bist du?, fragte er mit einer krachenden, kaum wieder zu erkennenden Stimme. Seine Nasenlöcher, seine Ohren schienen riesig. Malin hatte Angst.

Was hat dieser Mensch von seinem Leben gehabt, was hat es ihm genützt, dass sie ihn irgendwann einmal geliebt haben, was für ein Elend ist das, wenn er jetzt da sitzt, im gestreiften Bademantel in seinem aluverkleideten, dunklen Haus in Helsingborg in Schweden, und nicht mehr erkennt, dass die blauen Augen, in die er schaut, die Augen seiner einzigen, geliebten Enkelin sind. Dass es sein eigenes Blau ist, das da strahlt, ruhig und tief wie ein Abklingbecken. Sie ist einfach in den Abgründen seines Gehirns versunken, ist nicht mehr anwesend dort, flackert nicht mehr auf an der Gehirnrinde, sie ist höchstens noch eine von vielen, ununterscheidbar, eine Frau, eine junge Frau mit festem straffem Körper, die kommt und sich kümmert, wie die staatlich lizenzierten Krankenpflegerinnen, die nach einem Dienstplan bei ihm erscheinen sollen. Alle mehr oder weniger jung, alle mehr oder weniger drall. Alles, was ihn mit seiner Enkelin verbunden hat, ist ausgelöscht in ihm und ist also niemals gewesen. Das Einzige, was noch da ist, ist Gier, weil sie eine Frau ist, ein Umriss aus weißer Haut und festem Fleisch.

Auch für Malin, die da stand und einfach nur entsetzt war, so hatte sie am Telefon erzählt, war plötzlich alles wie ausgelöscht, als hätten sie nie die Sommer miteinander verbracht, als hätte er ihr nie ein Eis gekauft oder eine Enzyklopädie geschenkt oder sie angerufen, wenn sie ihren Geburtstag in Deutschland, weit weg, im Süden von Deutschland, feiern musste. Sie hielt die Hand vor den halb geöffneten Mund, sie wollte nicht einen einzigen Schritt weiter gehen in Richtung des alten, sabbernden Mannes da in der Ecke, der sie anstarrte von unten bis oben, und der Unverständliches redete, ängstlich wirkte und verbittert und Hass in den milchigen Augen hatte. Ihre Erinnerungen schienen auf einmal ausgelöscht von diesem Anblick, vom Anblick des Elends, ausgelöscht das Bild, wie sie in einem Mohnfeld standen, sie und ihr geliebter Großvater, und er ihr erklärte, was eine Kumuluswolke ist und was sie bedeutet, sie sah das nicht mehr, sie sah nicht mehr, wie er den Kofferraum öffnete und die große Kiste mit der Enzyklopädie herausnahm, sie sah nur noch diesen Alten, der nicht einmal so richtig kindisch war, der einfach nur gemein und alt und hässlich geworden war und sie nicht erkennen wollte. Und dann dachte sie, dass er gewaschen werden müsste, und als die Großmutter schließlich hereinkam und sagte, ja, so ist das nun, das ist jetzt von ihm übrig, da fragte sie nur, und sie weinte dabei, wo denn die Pflegerin sei, wie oft er gewaschen werde, ob sie mal den Dienstplan sehen könne.

Und der Mann, Strindberg hätte ihn erfinden können oder O'Neill, dachte sie, saß dort in seinem Sessel und stierte auf ein abgegessenes Tablett, auf ein vermeintliches Kuchenstück darauf. Sie sah die Gier, die sein ganzes Wesen eingenommen hatte, eine alles umfassende Gier, nach Essen und nach nacktem Fleisch, nach festem nacktem Fleisch. Nur trinken wollte er nicht. Er starrte auf ihre Brüste und dann immerzu auf das Tablett, und sie stand da und wusste nicht, wohin und hatte Tränen in den Augen. Er stierte auf das Tablett, erzählte sie am Telefon, als ich mich gerade nach dem Pflegeplan erkundigte. Was aussah wie eine Beerentorte vielleicht, etwas Rotes auf dem Teller, das war kein Kuchen, es war eine Serviette, in die er eben erst seinen blutigen Auswurf gespuckt hatte. Aber das hatte er schon längst vergessen.

Die Tür der Sicherheitsschleuse öffnete sich und Karsten riss sich noch einmal heraus aus diesen Gedanken, die Losung war jetzt nicht Kalmar oder Kalmarsund oder Öland und erst recht nicht Helsingborg, die Losung in seinem Kopf, in diesem Käfig aus Glas, war Karatschi, scheiß Karatschi. Er riss das Tor auf, sah die Kamera, die auf der Mauer angebracht war, er drehte sich noch einmal um, mitten auf der Fahrbahn, und rief fuck you, fuck you all, ich mache das nicht mehr mit, nicht das hier, diese Scheiße, ich komme nicht wieder und ich fahre nicht mehr in euer Drecksloch, das ihr eine Stadt nennt, Karatschi, in dieses Drecksland, das ihr einen Staat nennt, ich fahre nicht mehr und ich warte nicht mehr auf euren Drecksstempel, ich fülle sie nicht mehr aus, die Scheißformulare, Staatsangehörigkeit, Passnummer, Matta zehnstellig, Zweck und voraussichtliche Dauer des Aufenthalts, ich mache das nicht mehr, nicht mit mir, nicht mit mir, sucht euch einen anderen, rief er, stand mitten auf der Straße, ihr könnt mich mal, Scheißkerle, Scheißbeamte, Soldaten, Generäle, Kriegstreiber, Junkies, Arschkriecher, Kriegsgewinnler. Fuck you. Fuck you all.

Im kräftigen Wind schlug eine einfallslose postkoloniale Flagge. Karsten fuhr zurück, er nahm denselben Weg, den er gekommen war. Es war der Einzige, den er kannte. Es hatte angefangen zu regnen.

Zu Hause holte er aus der Küche eine angebrochene Flasche Rotwein, trank daraus, während sich der Bildschirm seines Computers aufbaute. Dann, immerhin, nahm er ein Glas aus dem Regal. Er zog seine Jacke nicht aus, tippte seinen Brief, seine Mail an das Londoner Büro, er schrieb, ich fahre nicht mehr in Kriegsgebiete, ich fahre nicht mehr, weder in den Kaukasus noch auf den Balkan. Ich lasse mich nicht mehr beschießen und ich warte nicht mehr in überheizten Warteräumen von Visumsstellen auf lächerliche Wertmarken. Ich kann diese Herablassung nicht mehr ertragen, die Arroganz, das Unmenschliche daran. Ich bin beschossen worden in Sarajewo, das habe ich euch überhaupt nicht erzählt, weil es so selbstverständlich und gleichzeitig so nebensächlich erschien, als ich wieder hier war. Sie haben meinen Wagen beschossen in der Sniper Alley, den Hinterreifen haben sie getroffen und ich habe versucht weiterzufahren, ich bin gerast wie ein Irrer, aber dann schleifte nur noch die blanke Felge auf dem aufgebrochenen Asphalt, der Auspuff riss ab und die Funken sprühten und ich fuhr ganz dicht an eine Hauswand, krabbelte aus der Fahrertür und hätte mir fast in die Hose gepisst vor Angst. Ich hielt mich geduckt, während ich den Wagenheber und den Ersatzreifen aus dem Kofferraum zerrte. Ein französischer Fotograf fuhr vorbei und sah nur kurz in meine Richtung, statt anzuhalten und mir Deckung zu geben. Später hat es ihn erwischt, irgendwo in Afrika. Als ich davon in einer Hotelbar in Manila erfuhr, habe ich laut losgelacht. Irgendjemand sagte: He was a remarkable man, but his soul was mad.

Dann schrieb sich Karsten den ganzen Rest von der Seele. Alles. Ruanda. Goma. Alles. Das Abgründige, das Abscheuliche, das Ungeheuerliche. Der Gestank der Verwesung. Immer wieder der Gestank und die Fliegen. Ich bin fertig damit, schrieb er, für immer. Und trank wieder. Es tut mir Leid. Weil ihr auf mich gezählt habt. Aber ihr werdet jemand anderen finden, jemanden, der sich beweisen will, wie ich das wollte mit fünfundzwanzig, jemanden, der naiv ist und glaubt, er könnte etwas bewirken. Natürlich wird er nichts bewirken. Und er wird wissen, woran er ist, wenn er zum ersten Mal eine bettelnde, nicht von ihm lassende Frau wegschubst, weil es nicht anders geht. Wenn sie dann stolpert, nach hinten, in den Dreck hinein, und im Straßendreck liegt und bettelt und nicht aufhört zu grinsen. Moneyfood please, moneyfood anything anything moneyfood. Und wenn dann die Kinder kommen und betteln und lachen und immer näher herankommen, wenn er sie riecht und wenn sie an seinem Ärmel ziehen, dann wird er wissen, dass es für ihn nichts zu tun gibt dort. Wenn sie immer näher herankommen, Zentimeter um Zentimeter mit aufgehaltenen Händen, aufgerissenen Augen, wenn er sich ertappt bei dem Gedanken, dass ihm eine Meute verwilderter Hunde lieber wäre als diese ausgezehrten, zudringlichen Kindermenschen, deren Freundlichkeit in Wut und Hass umschlagen kann, innerhalb von Sekunden, spätestens dann weiß er, dass er nichts wird ausrichten können. Dann hat er gegen sich selbst verloren und dann kann er entweder abhauen, das Ganze hinschmeißen, oder er kann sich arrangieren, wie ich das gemacht habe all die Jahre, er kann sich die Nase zuhalten, seine Fotos machen und seine Berichte schreiben in den dreckigen Hotelzimmern, Berichte schreiben über politische Stabilität und Bodenschätze und Arbeitskraft und Volksgesundheit, er kann recherchieren und schreiben mit zugehaltener Nase.

Karsten hörte die Stimmen seiner Kinder im Hausflur, dazwischen die Ermahnungen und Anweisungen von Rebecca. Die kaum zu unterscheidenden Stimmen seiner Kinder, obwohl sie einander sonst überhaupt nicht ähnlich waren. Nicht die Gesichtszüge, die Proportionen, die Eigenarten in der Bewegung – Malte hatte die Schlaksigkeit, das Unkontrollierte seiner Mutter – und erst recht nicht ihre Persönlichkeit. Noch versuchte Malte, der Stille, laut zu sein. Er wollte seinem Bruder in nichts nachstehen. Noch wirkte Chris gelegentlich nachdenklich. Dabei war das überhaupt nicht seine Art. Der eine liebte das Risiko, der andere scheute es. Aber noch planten sie ihre Abenteuer gemeinsam. Sie waren einander ähnlich, wie sich Brüder ähnlich sind. Sie gehörten zusammen, hatten eine gemeinsame Grundlage, aber in den Ausprägungen unterschieden sie sich erheblich.

Eines Tages werden sie aufwachen, dachte Karsten, und sie werden einander nicht wieder erkennen. Davon war er überzeugt. Dass es diesen Bruch geben wird, dass da etwas zerreißen wird. Wie eine Gitarrensaite, man spannt sie und man dreht und die Saite wird immer härter, immer fester, bis sie irgendwann reißt und zurückpeitscht, gerade dann, wenn man am wenigsten damit gerechnet hat. Das Leben hält eine Überraschung für sie bereit, die Erste von vielen Überraschungen, sie werden eines Morgens aufwachen und einander ansehen und sie werden an sich selbst zweifeln, weil sie einmal geglaubt hatten zusammenzugehören. Weil sie die-

se Vorstellung in ihren Köpfen hatten, dass sie sich vom Rest der Welt unterschieden. Wie konnten wir, werden sie denken, ohne es wirklich zu denken und zu formulieren, wie konnten wir davon ausgehen, dass wir etwas gemeinsam haben, etwas miteinander teilen, was uns von allen anderen unterscheidet, von den Klassenkameraden, von den Erwachsenen, von den Nachbarkindern? Was habe ich mit dem zu tun?, werden sie sich fragen. Sie werden sich eine Zeit lang nicht mögen, und ihre Stimmen werden sich verändern, zuerst die von Chris, sie werden sich streiten und sie werden einander hassen, schließlich ignorieren. Was das Schlimmste ist.

Die Kinder waren müde und aufgedreht, wie immer nach diesen Einkaufsausflügen. Sie waren vom Schwimmen direkt in die Stadt gefahren, mit dem Twingo. Zum Einkaufen, obwohl sie eigentlich nichts brauchten. Rebecca kaufte Bücher und CDs, Kleidung für die Kinder, für Chris, der sehr schnell wuchs, Sportsachen, immer nur Sportsachen, Taschen und Schuhe mit Stollen und Handschuhe und Schwimmbrillen. Für sich selbst kaufte sie nichts, weil es zu langwierig war mit den Kindern und weil die Verkäuferinnen immer so an ihnen rumhätschelten und weil sie nicht wusste, was die anstellten, wenn sie in der Umkleidekabine verschwand. Die CDs hörte sie ein einziges Mal, sie mochte eigentlich keine Musik oder, wie sie sagte, ihr fehlte der Bezug, und trotzdem stellte sie sich bei WOM an die Hörtheke und drückte sich durch die Liedanfänge, immer nur die ersten drei, vier Takte, und dann kaufte sie die CDs, ir-

gendwelche Sachen aus den Charts oder aus ihrer Jugend, und sie hörte einmal rein, gleich, wenn sie nach Hause kam, dann legte sie sie in eine alte Obstkiste, die im Wohnzimmer stand, wo sie verstaubten. Die Krimis, die sie kaufte, stapelten sich auf dem Boden neben ihrem Bett. Alle anderen Bücher stellte sie ins Regal im Flur oder im Wohnzimmer, manchmal ohne die Folie abzumachen, und wenn er dann fragte, was das sollte, warum in der ganzen Wohnung die Bücher rumlagen, die niemand las, die *sie* zumindest nicht anrührte, dann sagte sie: Die sind doch für dich. Du sollst sie lesen. Ich habe sie *dir* mitgebracht, für die langen Flüge, die transkontinentalen, für deine langen Reisen. Und jedes Mal nahm er ein Einziges mit, las dreißig oder fünfzig Seiten im Flugzeug und ließ das Buch im ersten Hotel liegen. Zu schwer. Er reiste mit einer einzigen Tasche aus Segeltuch. In Bamako im stolzen, immer frisch geweißten *Royal Mama Pleasant Suites* standen mehrere dieser Hinterlassenschaften in einem Regal in der Lobby. Rebeccas Leihbibliothek im Herzen von Mali, das hatte ihn immer gefreut, wenn er dort ankam und wenn er die Bücher sah, fein säuberlich aufgereiht, richtiggehend präsentiert, während er in bar im Voraus bezahlte, dollars mon ami, dollars, und seinen Schlüssel in Empfang nahm. Manchmal traf er einen Kollegen, der erzählte, ich war im *Royal Mama* oder im *Aurora Inn* oder im *Millenio II* in Bahia und hing da fest, wochenlang, und konnte nichts machen, musste mir die Zeit totschlagen, und da lagen zum Glück auf meinem

Nachttisch ein paar deutsche Bücher, eine dicke Magellan-Biografie mit dem Titel *Die Toten behalten Unrecht*, etwas von Richard Kaschinski und die *Goa-Skizzen* von C. Kraft. Die haben mir das Leben gerettet.

Rebecca kaufte den Kindern Spielzeug, Computerspiele, auf diesen Streifzügen durch die Fußgängerzonen und die Kaufhäuser, Süßigkeiten, damit das Quengeln aufhörte. Dann gingen sie in ein Eiscafé. Bei jedem Wetter. Die Kinder bestellten Spaghetti-Eis und Rebecca wunderte sich, dass es das noch gab. Weil es zu ihrer eigenen Kindheit gehörte wie Nippon und Strammer Max. Weil es zu dem wenigen wirklich Abseitigen, wirklich Interessanten gehörte, das ihre eigene, todlangweilige Kindheit zu bieten gehabt hatte.

Karsten hörte den Schlüssel in der Wohnungstür. Erst das untere Schloss, weil sie nicht damit gerechnet hatte, dass er in der Wohnung war, dann das obere. Ein Schloss so alt, dass es für den Schlüssel keinen Rohling mehr gab. Karsten war sogar schon auf Flohmärkten gewesen deswegen.

Rebecca befahl den Kindern, die Schuhe auszuziehen und die nassen Jacken, bevor sie in ihre Zimmer stürzten. Wie sie das immer taten, egal, wie müde sie waren. Sie mussten immer in ihre Zimmer stürzen und dort alles anfassen, die Schubladen aufziehen und alte Spielsachen herausnehmen und alles in der Wohnung verteilen. Sie ergriffen Besitz von der Wohnung, jedes Mal. Ihr Territorium. Jeden Tag aufs Neue abgesteckt. Das erinnerte an Urlaubsanfänge, wenn sie in das Hotel kamen, immer dasselbe Hotel in Kalmar, und Karsten und Rebecca das Gepäck abstellten an der Rezeption, dann rannten die Kinder schon durch die Eingangshalle und hinaus auf die Terrasse, an den Kellnern vorbei, und sie mussten alles inspizieren und anfassen und sie riefen, weißt du noch, weißt du noch, als wären sie vor zwanzig Jahren das letzte Mal hier gewesen. Sie liefen vorbei an Kaffee trinkenden Urlaubern, die noch Wörter wie Sommerfrische benutzten und bunte Hüte trugen und längst vergessen hatten, wie schnell ein Kinderherz pocht in solchen Augenblicken. Und die Kinder liefen hierhin und dorthin, riefen mein Stuhl, mein Baum, mein Strand und lachend riefen sie Öland, stotter mal, da hinten ist Ö-Ö-Öland, mein Öland, meine Wasserrutsche, weißt du noch die Wa-wa-wasserrutsche, und sie stürzten hinaus in Richtung Ufer, stolpernd, sie liefen zum Meer, zu ihrem Meer, zum Sund, sie riefen und kreischten, damit es alle hörten, dass sie die rechtmäßigen Besitzer dieses Meeres waren, dass das ganze Kalmar mit der Kirche und dem Museum und der Sund und die gegenüberliegende Insel ihr Territorium waren, ihres ganz allein, zumindest für die nächsten zwei Wochen.

Rebecca erschrak, als sie ihren Mann am Computer vorfand. Er hatte seine Jacke nicht abgelegt, trank Rotwein aus einem Wasserglas. Das erklärte, dies war ihr erster Gedanke, ein winziger, unwichtiger Gedanke eigentlich, der eine winzige Irritation beseitigte, das erklärte, warum die Tür nicht richtig abgeschlossen war.

Er war sonst sehr gewissenhaft, was diese Dinge anging. Was machst du hier, fragte sie und es klang beinahe feindlich, du solltest längst unterwegs sein, ich dachte du wärst schon in Paris. Wo ist denn eigentlich der Reisesack? Aber dann sah sie, dass er schwitzte und zitterte und dass eine kleine Ader in seinem linken Auge geplatzt war, was gefährlich aussah und schmerzhaft und ihm etwas Irres gab.

Karsten sagte, er werde es ihr erklären, aber nicht jetzt, wegen Malin, er werde nicht nach Pakistan fliegen, nie mehr, er habe das Visum nicht bekommen, sie hätten ihn schmoren lassen, stundenlang – bis mir der Geduldsfaden gerissen ist, sagte er, ohne sie dabei anzuschauen. Ich habe eine E-Mail an Max geschrieben und abgesagt, für immer. Den Job, dieses Leben, alles. Ich habe alles hingeschmissen. Ich fliege nicht mehr, ich lasse mich nicht mehr beschießen, von niemandem, nicht in der Sniper Alley und nirgendwo sonst. Ich fahre nicht mehr in Choleragebiete und für nichts in der Welt fahre ich noch einmal nach Goma, in diese brodelnde, stinkende Hölle, ich will sie nicht mehr sehen, die Soldatenkinder und die minderjährigen Huren, die Heroinzombies in den Feldern und auf den Friedhöfen vor Karatschi. Ich will nicht mehr mit den Generälen reden, mit den korrupten, arroganten, elitären Kleinstdiktatoren, Warlords, Gouverneuren, die ihr Heer aus trottenden, schweigenden, blinden Zombies regieren. Mit Dope. Mit altertümlichen Bajonettgewehren. Diese Scheißpakis rücken das Visum nicht raus, ihren blöden

Stempel, weil sie meinen, durch das Warten und Hoffen würde die Reise irgendwie attraktiv. Eine künstliche Verknappung, denken sie, dann wollen es die Leute erst recht und dann können wir sie umso besser ausnehmen, hinterher. Wenn sie angekommen sind. Wir machen es ihnen schwer, wir lassen sie da schmoren in dem überheizten Warteraum, in dem es noch nicht mal einen Getränkeautomaten gibt, bis sie ganz weich werden, ganz fixiert sind darauf, dass sie reinkommen in unser Land, um Geschäfte zu machen und uns auszunehmen und auszuspionieren, sie sind ganz scharf darauf, sie wollen rein, je schwerer wir es ihnen machen, desto besser. Das ist Berufsehre, dass die da sitzen bleiben, nicht aufstehen, egal wie hoch wir die Heizung drehen, die bleiben da und schwitzen und ärgern sich schwarz über uns, aber tun können sie nichts. Und dann geben sie dir vielleicht ihren Scheißstempel, sagte Karsten, kleben dir ihre lächerlichen Wertmarken in den Pass, und dann faxen sie eine kaum verschlüsselte Nachricht an die Verbindungsleute am Flughafen von Karatschi und schreiben, da kommt einer, mit dem und dem Flug, der ist heiß, ganz heiß und er ist *loaded*, wir haben ihn heiß gemacht und er hat eine Menge Bargeld dabei, weil er über einen Monat im Land bleiben soll, also nehmt ihn euch vor, er wird, er muss zahlen. Ein Viertel, wie immer, an den Onkel, der den Stand am Empress Market in Sadaar hat, ihr wisst schon, unser Onkel mit dem Stand, an dem seit Jahren nichts mehr verkauft wird. Nice doing business with you, salaam *sucker* salaam –

So kannte sie ihn nicht. Karsten war einer, der um zwei Uhr morgens im Kreis seiner Freunde, an jedem der vielen letzten Abende, die sie bei ihrem Italiener gefeiert hatten, von seinem Stuhl aufgestanden war und sein Glas erhoben hatte und gelacht hatte und gerufen, Freunde, bis bald. Ich trinke auf den Krieg, mal wieder, ich trinke auf das Chaos, das die Belgier hinterlassen haben – sie haben den Kongo mit Schäferhunden regiert, mit nichts als Schäferhunden und ein paar Panzerwagen –, ich trinke auf die Schäferhunde und die Diamantenhändler in Antwerpen. Und auf die Globalisierung und Oxfam und Ärzte ohne Grenzen und auf die Beamten in London und in Paris, die meine Berichte kaufen, ein Vorwort draufsetzen und irgendwelche Zehn-Punkte-Listen mit Empfehlungen, und das Ganze weitergeben an ihre Vorgesetzten.

Auch wenn er nervös war vor diesen Reisen. Er hat es immer gern gemacht, dachte Rebecca, er ist immer gern über Pisten gerast, das hat er zumindest allen erzählt, die es hören wollten, er hat, so hat er immer erzählt, seine Fahrer sogar noch angetrieben, schneller zu fahren, schneller und rücksichtsloser, und er hat gern ausgemergelte Kindersoldaten bestochen und Interviews mit Massenmördern geführt, er fand diese Massenmörder und Bandenführer und Kriegsprofiteure interessant, verspürte sogar eine gewisse Sympathie, eine Nähe zu diesen Leuten, die manchmal sehr gepflegt und kultiviert aussahen.

Rebecca hatte ihn nie vom Flughafen abgeholt, weil sie nie wissen konnte, wann er zurückkam. Irgendwann klingelte er, statt aufzuschließen, weil er es unfair fand, wenn sie jederzeit damit rechnen musste, dass er hereinspazierte, dabei hätte er anrufen können vom Flughafen aus. Aber das war ihm irgendwie zu dumm. Also klingelte er zumindest, und dann stand er da, mit einem Bart, sah hager aus, aber zufrieden, und die Kinder kamen angerannt und umarmten seine Hüften, ganz kurz nur, denn er stank, und sie riefen Igitt, Igitt, das ist ja der Mufti, das ist wieder Vati, der Mufti, schnell, sagten sie und schoben ihn in Richtung Bad, schnell, zieh dich aus, du stinkst wie ein alter Hund, und während sie ihn über den Flur schoben, ließ er seine Segeltuchtasche fallen, lachte, sagte langsam jetzt, langsam, Kinder, gab Rebecca, die wieder einmal nichts rausbrachte als dieses Hallo, da bist du ja, einen kurzen Kuss. Sie war immer auch etwas enttäuscht, wenn er plötzlich auftauchte, denn sie gefiel sich in der Rolle der Zurückgelassenen. Witwe auf Zeit, so sah sie sich wohl. Das gefiel ihr, so präsentierte sie sich ihren Freunden.

Als Erstes setzte er sich in die Badewanne und ließ sich von Chris ein Bier bringen. Egal zu welcher Tageszeit er angekommen war. Nach einer Viertelstunde, in der er ein, zwei Mal untertauchte wie bei einer rituellen Reinigung, so als wollte er sich taufen, sich seinen eigenen Namen zurückgeben, nach einer Viertelstunde, in der er schwieg und trank und aus dem Fenster starrte, auf den Hof, in dem eine große Linde stand, durften die Kinder hereinkommen und ihm erzählen. Vorzeigen, was sie bekommen, was sie gebastelt hatten. Und er ließ sich alles zeigen, er ließ sich erzählen von der Lehrerin, die keiner mochte, keiner von uns, weil sie die Mädchen bevorzugte, er ließ sich berichten von den Fußballspielen und den Bastelstunden, von der Karnevalsfeier und den Rückschlägen am Gameboy. Sie zeigten, was sie gekauft, gebastelt, getauscht hatten. Bilder, die sie gemalt hatten. Auf denen meistens Boote zu erkennen waren, Flugboote, Wasserflugzeuge, und Maltes grüne Elefanten. Auch die flogen. Horizonte, nur Zentimeter über dem unteren Bildrand. Mit sagenhaften Gestalten dicht bevölkerte Himmelsszenarien. Und er ließ es sich vorführen und erklärte ihnen, dass er nichts mitgebracht hatte für sie. Das wisst Ihr doch, sagte er dann, da, wo ich herkomme, gibt es nichts, gar nichts, womit ihr etwas anfangen könnt. Und wenn sie ungläubig nachfragten, sagte er es noch einmal. Da gibt es nichts, bestimmt. Ein Land ohne Spielzeug. Es gibt Kinder, haufenweise Kinder, ja, das schon, aber die spielen nicht wie Kinder in Deutschland, sie spielen wie die Erwachsenen. Mit anderen Sachen. Ich war in einem Land ohne Geschäfte. Ohne Schulen. Und ohne Sigikid, ja, ohne Sigikid und ohne Mediamarkt und Playstation oder Benetton. Eigentlich, ich korrigiere mich, eigentlich gibt es da keine Kinder, nur Wahnsinnige, mehr oder weniger kleine Erwachsene, denen das Leben um die Ohren gehauen wird. Aber das versteht ihr noch nicht.

Er saß an seinem Schreibtisch, in sich zusammengesackt, auf dem Tisch das leere Glas, er trug die dicke, feuchte Jacke, und als Rebecca ganz nah herankam, sah sie oder spürte sie, dass er heulte. Sie fuhr ihm mit der Hand durch das nasse Haar, während ihr Blick sich in seinem Bildschirmschoner verlor, im Bild eines sattgrünen, baumlosen Tals. Das sie an *Bladerunner* erinnerte, an das menschenleere Nordland, die grüne Wüste, in die sich Harrison Ford und sein Replikantenmädchen retteten. Oder retten wollten. Die Kinder hatten inzwischen bemerkt, dass er in der Wohnung war, aber es schien sie nicht besonders zu interessieren, Vati arbeitet, sagten sie sich wohl, Vati ist wieder hier, guck mal, Malte, das Ding hier ist irre, das kann man total verdrehen. Malte: Gib mal her.

Malin hat aus Kalmar angerufen, sagte er, es sprudelte so aus ihm heraus, und dann noch einmal aus Helsingborg, sie ist bei den Großeltern, und der Großvater, den sie so geliebt hat, das weißt du ja, er sabbert nur noch und hat sie nicht erkannt, hatte keine Ahnung, wer das sein könnte, als sie ins Zimmer trat. Das hat sie erschüttert. Es muss gestunken haben in dem Haus. Ich werde sie treffen, in Hamburg, gleich, heute noch, ich fahre nach Hamburg und treffe mich mit Malin. Sie kommt mit dem Zug. Vielleicht überrede ich sie, kehrt zu machen und mit mir nach Kalmar zurückzufahren. Vielleicht bleibe ich da.

Wie er das sagte, mit dieser Selbstverständlichkeit. Natürlich Malin, natürlich jetzt. Als gäbe es nur diese einzige Lösung, als müsste das allen und jedem unmittelbar einleuchten, dass er jetzt, gerade zu diesem Zeitpunkt, gerade an diesem Punkt der äußersten Schwäche und der äußersten Verwundbarkeit, zu Malin lief. Es war alles irgendwie denkbar, machbar, möglich. Sie konnte sich in jeden Gedanken hineinfinden. Immerhin, sie lebten seit Jahren so, sie hatten den Ausdruck offene Beziehung immer gemieden, aber das war die Grundlage ihres Zusammenlebens. Sie kamen sich nicht in die Quere. Sie lebten zusammen wegen der Kinder, weil sie sich geliebt hatten irgendwann einmal und weil Malte und Chris der sichtbare Beweis dafür waren. Manchmal schliefen sie miteinander, niemals ohne Leidenschaft, und nachts standen sie auf dem Balkon und teilten sich eine Zigarette wie richtige Eheleute, und sie redeten über Dinge, die sonst niemanden etwas angingen. Oft redeten sie nicht, auch nicht nach seinen Reisen. Es gab Zeiten, in denen Karsten beinahe ausschließlich in seinem geräumigen Arbeitszimmer wohnte und dort auf einem für diese Zwecke angeschafften, sehr bequemen Ausziehsofa schlief. Das war so, war eigentlich kein Problem. Manchmal, selten, schickte Rebecca ihn auch weg, weil sie selbst kein Ausweichzimmer hatte. Er protestierte nie. Sie hatten darüber geredet, dass sie kein Zimmer hatte, aber Rebecca meinte, dass es so gehe. Sie stritten sich nicht und die Kinder akzeptierten das Changierende, das Offene, das maßvoll Unberechenbare an ihrem Umgang miteinander, ohne es wirklich zu verstehen, und es kam vor, dass Rebecca fragte: Bist du heute Abend hier? Dann gehe ich ins Kino, – und sie schminkte sich die Augen und ging ins Kino und kam sehr spät zurück. Manchmal erst morgens zum Frühstück. Sie saßen in der Küche. Karsten sagte: Guten Morgen. Stellte keine Fragen. Wenn Chris, der seine Fruit Loops löffelte, wissen wollte, wo sie herkam, ging sie an seinem Stuhl in die Hocke und legte ihre Hand auf seine Schulter und sagte: Ich war im Kino mit Norbert und Ayse und Anatoly, dann noch auf einer kleinen Feier. Und die Kinder waren mit dieser Antwort zufrieden, obwohl sie genauso wenig mit dem Namen Anatoly anfangen konnten wie Karsten. Ich will auch ins Kino, sagte dann Chris. Und sie antwortete: Ja, ist gut, das machen wir. Bald, vielleicht am Wochenende schon. Ist da noch Milch drin? Dann setzte sie sich zu ihnen und aß zwei Schüsseln Cornflakes mit Banane und dann noch ein Butterbrot und dann fragte sie, ob jemand Lust hätte auf ein Spiegelei.

Mit Malin war es anders. Malin war eine Bedrohung, stellte eine Gefahr dar für das, was sie hatten. Das hatte Rebecca gleich gedacht. Karsten hatte das nicht im Griff. Verlor im Laufe der Monate und Jahre seine Souveränität. Malin war in einem Restaurant in Kalmar erschienen, mehr oder weniger zufällig, hatte Rebecca gedacht. Sie saßen auf einer Terrasse, die Stühle bespannt mit weißen, von der Hitze des Tages aufgeweichten Plastikbändern. Karsten hatte sie vorgestellt. – Wir haben uns im Museum kennen gelernt.

Setzen Sie sich zu uns, sagte Rebecca, wir haben noch nicht bestellt. Karsten holte einen Stuhl vom Nebentisch.

Herr Malte, stellte er vor, von Beruf Baggerfahrer. Herr Malte fährt nur rote Bagger, keine blauen und erst recht keine grünen oder schwarzen, genau so steht es in seinem Arbeitsvertrag. Malte nickte ernst.

Und das ist Herr Chris, Mittelstürmer, verhandelt gerade über einen Millionentransfer an den FC Agathenhof. Die beste Mannschaft unseres Viertels.

Was ist das, ein Millionentransfer?, fragte Chris. Malin sagte: Herr Malte, Herr Chris, freut mich, Sie kennen zu lernen. Können wir uns duzen? Ich heiße Malin. – Dann duzen wir uns gleich alle, sagte Rebecca, ich mag das nicht, wenn die Fußballer und die Baggerfahrer immer bevorzugt behandelt werden. Außerdem sind wir im Ausland. Da kann man sich alles erlauben.

Ein Millionentransfer, erklärte Malin dann, berichtigt mich, wenn ich etwas Falsches sage, das ist, wenn ein richtig guter Spieler wechselt, von einem Verein zu einem anderen. Ein Star. So einer wie du. Er wird verkauft. Wenn die im Agathenhof wollen, dass du für sie die Tore schießt, dann müssen sie dafür bezahlen. Das kriegt man nicht umsonst.

Gibt es das auch für Baggerfahrer?, fragte Malte. Malin lachte, sah in Rebeccas Richtung und sagte: Nein, noch nicht, aber ich bezahle zwei Millionen für dich. – Wir verkaufen nicht, rief Rebecca, komm her zu mir, wir verkaufen den Jungen nicht, unter gar keinen Umständen! Wir brauchen ihn noch für die große Baggermeisterschaft im Herbst! Malte wurde knallrot und schaute auf das Limonadenglas, das er beidhändig umfasste.

Karsten hatte ganz normal weitergemacht, seine Arbeit gemacht, die Kinder zur Schule gebracht, ganz normal. Nur hin und wieder diese fiebrigen Attacken, wie Malariaanfälle. Dann telefonierte er mit ihr, nächtelang, rief sie an in S. oder in Helsingborg oder wo sie gerade war, und dann kam er in die Küche am nächsten Morgen, übermüdet, aufgequollen, und sagte, dass es ohne Malin nicht gehe. Nichts ohne Malin. Gar nichts. Das kannte Rebecca. Sie hatte schon beinahe gelernt, damit umzugehen.

Aber das hier, jetzt, dieser Absturz, Flucht nach Hamburg, Flucht nach Kalmar an diesem Punkt in seinem Leben, in ihrem Leben, das hatte sie nicht vorhergesehen, darauf war sie nicht vorbereitet gewesen. Dabei sah sie sonst alles, wusste eigentlich immer, was auf sie zukam. Sie hatte wahrscheinlich einfach nicht hinschauen wollen, nicht hineinschauen wollen in den Abgrund. Selbstschutz. Sie hatte sich nicht getraut.

Er ging aufs Klo und pinkelte, ohne die Tür zu schließen. Die Kinder, die auf der Truhe im Flur saßen und nicht verstanden, was vor sich ging, beschwerten sich lautstark darüber. Karsten drückte auf die Spülung, zog den Reißverschluss zu, schob die Kinder, die ihm jetzt entgegenkamen, die wissen wollten, was mit seinem Auge los sei, zur Seite, ging noch einmal in das Arbeitszimmer, vorbei an Rebecca, die da stand und kein Wort herausbrachte. Er nahm die Weinflasche und trank. Rebecca wirkte wie erstarrt. Er drückte ihr die Flasche in die Hand, sagte sogar noch etwas, sagte trink doch, murmelte dann etwas knapp unterhalb der Hörschwelle, das bedeuten konnte: Ist halt so, ist nichts zu machen, kann man nichts machen. Die Finger ihrer langgliedrigen Hand, mit der sie den Flaschenhals umfasst hatte, gehorchten ihr nicht mehr, verweigerten sich, einer nach dem anderen. Die Flasche entglitt ihr, fiel auf den Boden, dumpf, rollte. Rotwein sickerte in den Teppich aus Ökowolle.

Ich komme nicht wieder, sagte er. Ich komme nicht in dieses Leben zurück. Und erst, als er das gesagt hatte, wusste er, was er angerichtet hatte. Erst die Formulierung dieser Sätze, die Aneinanderreihung dieser wenigen, in sich unspektakulären Wörter, hatte die Entscheidung gebracht, hatte das, was in den letzten Stunden geschehen war, sich in seinem Denken und Handeln vielleicht Wochen oder Jahre angedeutet hatte, verfestigt, unumstößlich, unwiderruflich gemacht. Er hatte diese Sätze hingeworfen, kalt, fast schon nicht mehr anwesend, mit kleinen, zuckenden, in die Ferne gerichteten Pupillen, und er hatte gedacht: Wenn ich es sagen kann, so sagen kann, wenn es mir so leicht fällt, dann habe ich keine Wahl. Ich habe längst keine Wahl mehr.

Dann ging er. Ohne sich noch einmal nach seiner Familie umzuschauen. Ohne auch nur den Kindern über die Köpfe zu streichen. Er zog die Wohnungstür hinter sich zu, leise, ging die Treppe hinunter. Er wählte Malins Nummer, noch bevor er aus dem Haus war, er hatte sie nicht gespeichert, weil er nicht wollte, dass Rebecca ihren Namen im Verzeichnis finden würde, er wählte und wartete eine Ewigkeit, bis die Mailbox ansprang. Gib mir deine Ankunftszeit in Hamburg durch, sagte er. Ich komme. Ich hole dich ab. Ich bin schon unterwegs.

Er fuhr auf einen Zubringer im Nordwesten der Stadt, Berlin-Wedding, öffnete das Fenster und warf einen Kinderkassettenrecorder hinaus, der bunt auf der Fahrbahn zerschellte. Plastikstücke flogen. Hinter ihm wurde gehupt.

Das war er selbst. Nichts, niemand war in ihn gefahren, er war nicht außer sich, stand nicht neben sich, er hatte sich unter Kontrolle. Er war Matta, K., Vater von zwei Kindern, Passnummer soundso, selbstbestimmt, frei, zurechnungsfähig – er drückte auf den Knopf für das Fenster und warf diesen Kinderkassettenrecorder hinaus, den er Malte geschenkt hatte, als der seine erste Kinderkrankheit überstanden hatte. Er war es selbst, er suchte nicht nach Ausflüchten. Du bist ein Arschloch und du bist widerlich und es ist vollkommen unverständlich, dass dich noch jemand liebt und wahrscheinlich liebt dich überhaupt niemand mehr, vielleicht ertragen sie dich bestenfalls noch. Was ist mit Malin? Die die Kinder liebt, abgöttisch, wie alle dreiunddreißigjährigen Frauen alle Vor- und Grundschulkinder lieben, weil es gar nicht anders geht.

Vielleicht lässt sie sich überreden, nach Kalmar zurückzufahren. Ihm fiel ein, dass er seinen Pass im Konsulat gelassen hatte. Den Zweiten, mit dem amerikanischen Visum, nicht in der Brieftasche. Das Wichtigste ist, sie werden sich treffen, werden sich am Bahnhof finden, das ist die Hauptsache, sie werden in St. Georg etwas trinken, ein Hotel finden, sie werden miteinander schlafen, das ist die Hauptsache, dass sie bei ihm bleibt, dass sie ihm ins Ohr flüstert, bevor er einschläft. Sie wird dafür sorgen, dass er einschläft, dass er tief schläft und nicht gestört wird, sie wird ihn ganz leer machen, von innen heraus austrocknen, weil sie nicht will, dass er träumt. Weil sie weiß, dass sein Kopf voller Bilder ist, die ein Mensch nicht aushält. Sie hatte sich nicht gemeldet…

Vom weiteren Ausbau muss zum gegenwärtigen Zeitpunkt wegen der erhöhten Risikolage abgeraten werden. Wir gehen davon aus, dass es auch in den nächsten zwei bis drei Jahren zu unprovozierten Übergriffen und Protesten kommen wird. Es wird empfohlen, die Anlage bis auf Weiteres mit Hilfe von einheimischem Personal zu sichern. Wie recommend that you secure the site and maintain its basic functions, using locals only.

MONUC bestätigt, dass am Wochenende eine Reihe von Gräueltaten verübt wurden, darunter eine Massenhinrichtung. Kein erkennbarer strategischer Zweck. Die Straßen von Bunia seien »gesäumt von

Du hast mir ein billiges Objektiv mitgegeben. Du sparst am falschen Ende. Die Verzerrungen sind zu stark. Alles wirkt wie umgebogen. Dafür habe ich einen

Stabilizer, den ich bei dieser Brennweite nicht brauche. Ich fahre durch den Kongo mit einem Scheißfischauge. Jedes Bild sieht aus, als wären Schwarzafrikaner in Caspar David Friedrichs *Großem Gehege* eingefallen. Der Däne hat ein Satellitentelefon. Ich werde versuchen, ein paar Bilder zu schicken.

According to the UN-mission in the Democratic Republic of the Congo, a raft of atrocities took place over the weekend, including massacres and arbitrary executions, which left bodies lining many of Bunia's streets.

Ich hatte eine Vision. Keinen Traum. Fieber, durstig und hellwach. Eine Frau steht vor einer Dünenlandschaft und fotografiert. Im Hintergrund ein dünner Streifen Meer, ein leicht gekrümmter Horizont. Was irritiert, weil es die Wahrheit ist, die wir nicht erfahren dürfen. Ihr Profil: dunkle, glatte Haare, ein mädchenhafter Zopf. Durchgebogene Wirbelsäule, sie lehnt sich etwas zurück, als wollte sie den Ausschnitt ihrer Aufnahme vergrößern, ohne einen Schritt nach hinten zu machen. Sie trägt ein

using locals only.

Sie trägt eine Art Kostüm, grau mit langen Ärmeln. Dabei ist es ein klarer, heller Tag am Strand. Ich kenne Frauen dieser Art. Sie werfen Schatten, länger, schärfer als andere Menschen. Ich kenne auch die Männer, die auf diese Frauen reagieren. Die einfach machtlos sind, wenn sie das sehen.

If you proceed as recommended you should be able

to resume exploration once the conflict has abated. Geben Sie mir das. Geben Sie mir das. Ich werde Sie bezahlen. Dollars. Wir nehmen uns ein Taxi, wir fahren zum Hotel und dann bekommen Sie, was Sie verlangen. Geben Sie schon her. Bitte Vorsicht.

Es ist noch nicht lange her, da reiste der Däne mit einem dreißig, fünfunddreißig Kilo schweren Satellitengerät. Eine mattschwarze, verbeulte Blechkiste. Es war, als trüge er ein T-Shirt, auf dem stand: Nehmt mich aus, ich habe Geld. Unzählige Polizisten, Zöllner, Flughafenangestellte musste er schmieren wegen der Kiste. Jeden Abend zog er sie die Treppen hinauf, rückwärts, beidhändig, eine Stufe nach der anderen. – Das war Schwerstarbeit, erklärte er, eine Katastrophe für die Bandscheiben. Niemand störte sich an dem Lärm. Dann saß er auf dem Dach des Hotels, schweißgebadet, und zerrte die Schüssel auseinander und richtete sie aus, nach Südosten, mit Hilfe eines Kompasses, den er an einem Kaugummiautomaten im Tivoli gezogen hatte. Dann rief er seine Redaktion an. – Ich habe geheult, erzählte er, ich rufe meine Agentur an, sitze auf einem Hoteldach in Scheißkirgisien und will mit meiner Agentur sprechen und Bilder senden, seit Tagen versuche ich, jemanden zu erreichen, aber ich hänge in ihrer Warteschleife. Sie spielen eine poppige Version von *Eine kleine Nachtmusik.*

Leerlauf an einem Hochzeitstag. Traumwetter. Mai, Juni vielleicht. Es war auf jeden Fall noch nicht zu heiß. Um elf war die Trauung und um zwei erst der Empfang.

Und die Gäste gingen spazieren, alle in dieselbe Richtung, von der Kapelle den kleinen Weg in Richtung Dünen, sie waren zu gut angezogen für diese Strandpartie, zu schick, man sah ihnen an, dass sie zu einer Gesellschaft gehörten. Sie blieb stehen, während die anderen weiterliefen, und drehte sich um und

Die Verzerrung ist zu stark ... mir wird schwindlig dabei. Proceed slowly, proceed at your own risk. Eine Irritation, nicht der Sinne, sondern des Denkens. In the Tanzanian commercial capital Dar-es-Salaam

Er sagt, dass mit dem Objektiv etwas nicht stimmt.

gegen die Sonne mit ihrer winzigen Kamera. Sie merkt nicht, dass der Horizont sich krümmt. We, however, are aware of the distortion

all aware of the distortion. It's just a matter of the equipment. Sagen Sie es mir, kommen Sie, sagen Sie mir, wie viel es kostet, Dollar, die D-Mark gibt es nicht mehr, my friend, kommen Sie, in meinem Hotelzimmer liegt ein Satellitentelefon. Bitte Vorsicht

Sie hatte sich nicht gemeldet. Er stand in der Bahnhofshalle, die er nicht wieder erkannte, ein Einkaufsparadies hatten sie daraus gemacht, seit er das letzte Mal hier gewesen war. CDs und Krawatten und ein Fotoladen. Alles, was der Mensch so braucht. Er rief sie wieder an. Wieder die Mailbox. – Ich bin in Hamburg, ich bin hier, warte auf dich, sag mir, wann dein Zug einfährt, einfährt, sagte er, nicht ankommt, ein Echo der Ansagen, die alle paar Minuten durch die Halle waberten.

Jetzt flehte er sie richtig an. Melde dich, wenn du das hier hörst. Bitte. Ich halte es nicht mehr aus. – Er ging zu jedem Zug, der aus dem Norden kam, selbst zu den Regionalzügen. Selbst zu den Zügen aus Emden und aus Lübeck. Er kannte die Anschlüsse nicht, wusste nicht, was er sonst machen sollte. Zwischendurch der CD-Laden. *Kooks.* Ein ordentlich gezapftes Bier an einem weißen, wackligen Stehtisch. Polizisten, zu zweit, mit Schäferhunden. Die Ansage. Bitte Vorsicht bei der Einfahrt. Die Wagen der Klasse halten im Abschnitt. Zuerst ging es ihm viel zu langsam. Weil die Alten und die mit den schweren Koffern immer ganz vorne an den Türen standen, zuerst ausstiegen. Dann musste jemand, der unmittelbar dahinter gestanden hatte und nicht ganz so alt war, mit den Koffern helfen. Und dann auf einmal, wenn sich der erste Stau gelöst hatte, strömten sie aus den Türen, sie wurden hinausgedrückt, ausgeschieden, und es wurde unübersichtlich auf dem Bahnsteig, es waren zu viele, aus den Menschen wurde eine Masse, sie drängten in Richtung der Rolltreppen, es gab zwei davon, er konnte sie unmöglich beide im Auge behalten.

Dann leerte sich der Bahnsteig, füllte sich ganz langsam von neuem, erst waren es nur vereinzelte Menschen mit ihren Taschen und Büchern und Zeitungen, die sich auf die Bänke setzten, dann waren alle Plätze besetzt, die Wartenden standen, hatten ihre leeren oder nachdenklichen Blicke auf die Gleise gerichtet, zogen ihre Jacken bis oben hin zu. Es bildeten sich kleine Gruppen von

Menschen, die nichts miteinander zu tun hatten, die aber ohne weiteres ein Gespräch hätten beginnen können, so wie sie da standen. Dann wurde es eng auf dem Bahnsteig, die Anzeige kündigte den nächsten Zug an, der nach Hannover weiterfuhr, bitte Vorsicht, und ein Lärm erfüllte die Halle, es quietschte, die Türen öffneten sich, die Schaffner stiegen aus und dann die Alten und die schwer Bepackten, das Ganze noch einmal und Karsten stellte sich wieder auf die Bank, reckte sich und machte sich groß, damit sie ihn sah, suchte die unüberschaubare Menge ab, hoffte einfach, Glück zu haben, aber Glück hatte er nicht, heute nicht, nicht in dieser Überlebenssache.

Kurz vor Mitternacht gab er auf, ging aus dem Bahnhof, hinten heraus, lief ein paar Meter und ließ sich von einer Nutte ansprechen. Ihm fehlte einfach die Kraft, sich zu enthalten. Er hatte seit dem Müsliriegel im Konsulat nichts mehr gegessen. Er hatte dem aus drei kurzen Wörtern bestehenden Angebot nichts entgegenzusetzen. Kein Widerstand, kein Widerwille, kein Ekel im Moment der Entscheidung. Nichts. Keine Stimme im Kopf, die ihn zurückholte.

Er lief hinter ihr her. Sie gingen durch eine Hofeinfahrt, stiegen über einen Stuhl auf einen Erdgeschossbalkon. Siebzigerjahre, Sichtbeton, rot lackiertes Geländer. Die Balkontür war nur angelehnt. Eine niedrige Holzschwelle, er folgte, er bückte sich, obwohl es nicht nötig gewesen wäre, so groß war er nicht. Sie hielt ihm den Vorhang aus dem Gesicht. Etwas Samtiges, Schwarzes. Es war hell wie in einem Fotostudio. Er zog seine Jacke aus und legte sie auf das Bett, ging in das winzige Bad, wusch sich den Schwanz am Waschbecken. Ein Vorgang, der diesmal, nur dieses eine Mal, nichts in ihm auslöste. Keine Erinnerung, keine Scham. Er zog den Reißverschluss zu, ließ den Gürtel offen, kam ins Zimmer zurück, setzte sich auf das Bett. Er fingerte in seiner Jackentasche, zog einen Fünfziger heraus und sagte, mit dem Mund. Und anfassen. Lass sehen, zieh das Oberteil aus. Aber sie wollte ihm Extras verkaufen. Für hundert Euro ficken. – Alles, was du willst. Wir lassen uns Zeit, trinken Piccolo. Oder wenigstens ein Bier, verlangte sie. Sie stellte sich dicht vor ihn und zog mit dem Daumen ihren Slip etwas herunter, dass er ihre Schamhaare sah. Den schmalen Steg, den sie hatte stehen lassen. Da siehst du, was du verpasst, mein Junge, sagte sie und kreiste ein paar Mal mit den Hüften und ging etwas in die Hocke dabei. Aber wie du willst. Hauptsache, du lässt mich hier nicht verdursten. Er legte das Geld auf den Nachttisch.

Sie war halb so alt wie Matta und sagte mein Junge zu ihm. Magst du Musik? – Sie holte zwei Bier aus der Minibar, dimmte das Licht, endlich, Miles Davis, kaum hörbar, sie zog ein Kleenex aus der Box, die vor dem Spiegel stand, und presste es kurz auf ihre Lippen. Sie kniete sich auf das Bett und zog mit einer fließenden Bewegung, die er nicht verstand, das Oberteil über den Kopf, nahm seine Hand und führte sie an ihre Brust. Dann griff sie an seine Hose, rieb an ihm, öffnete den

Reißverschluss, zerrte an der Boxershorts. – Komm, hilf mir. Warum bist du so still? Was bist du für ein Typ?

In seiner Jackentasche klingelte das Handy, das ist meine Melodie, wirklich meine Scheißmelodie, dachte er, er überlegte eine Sekunde, fasste das Handgelenk der Nutte, die verstand, fand das Telefon in seiner Jackentasche, wusste, dass sie es war. Ja, sagte er, ich bin in Hamburg, natürlich, ich muss dich sehen und endlich rufst du an und ja, sofort, jetzt gleich. Die Nutte wusste, was da gespielt wurde, aber sie konnte nichts tun. Sie stand auf, ging zum Spiegel, legte die linke Hand auf die rechte Schulter, trank einen Schluck Bier.

Er zog sich an, wollte zur Balkontür heraus, aber sie packte ihn am Ärmel und sagte, hier heraus, durch die Vordertür. Hinten, sagte sie und lachte, geht es immer nur rein. Außerdem kannst du dich verabschieden von mir, wie sich das gehört. Sie hielt ihm die Backe hin, er gab ihr einen zaghaften Kuss. Unreine Haut, das hatte er vorher nicht gesehen, obwohl es so hell gewesen war in dem Zimmer. Im Vorderhaus am Eingang stand ein winziger Mann in einem blauen Zweireiher und forderte ihn auf, das Apartment, so nannte er es, zu bezahlen. Das noch einmal so viel kosten sollte. Jetzt wurde Karsten wütend, jetzt hatte er seine Schwäche überwunden, schon, als sie sich verabschiedet hatte, gesagt hatte, viel Spaß, du, mit deinem Mädchen, da hatte er schon abgeschlossen, war in Gedanken längst bei Malin. Er wollte nicht, dass es ihn noch einmal einholte. Nicht so. Jetzt hätte er am liebsten zugeschlagen, das hätte er als befreiend empfunden, jetzt mal so richtig reinzuschlagen, dem Luden oder Ludenhelfer in die Eier zu treten und in den Bauch, dass er sich krümmte und fiel und Blut kotzte, das war es, was Karsten jetzt sehen wollte, er wollte ihn im Hausflur auf den Steinboden werfen, seinen Stiefelabsatz in die Halsschlagader kanten, er wollte zutreten, bis dem Luden der Kopf aufplatzte, aber Karsten wusste, dass er hier keine Chance hatte. Weil vor dem Haus die Schläger standen. Karsten zahlte. Inzwischen war es draußen richtig kalt.

Malin stand auf dem Bahnhofsplatz in der Nähe einer Gruppe friedfertiger, Zigaretten drehender, pickliger Heroinsüchtiger. Übrig Gebliebene, Hinterlassene einer großen Epidemie. Es gibt nichts Deprimierenderes, dachte sie, als diese Vorstellung, einer von ihnen zu sein, nicht einmal mehr Teil einer Bewegung. Zwei junge Hunde mit schweren Metallhalsbändern, die zu den irgendwie betreten wirkenden Junkies gehörten, jagten einander über den Platz. Malin hatte ihre Reisetasche auf dem Pflaster abgestellt und die Jacke bis ans Kinn hochgezogen. Geschäftsleute musterten sie, suchten flüchtig, unkonzentriert ihren Blick, während sie in Richtung der Taxis hetzten. Karsten stand auf dem Mittelstreifen der breiten Zufahrtsstraße, im Schein einer gelben Straßenlaterne, als sie ihn entdeckte. Sie nahm ihre Tasche und lief los, schlängelte sich zwischen den wartenden Autos durch und sie lief auf ihn zu, und als er hinübergefunden hatte und in Hörweite war, rief sie seinen vollen Namen. Karsten Matta. Sonst nichts, nur seinen Namen, Karsten Matta, sagte sie, wusste, was es für ihn bedeutete, wusste, dass in den Ländern, in denen er sein Geld verdiente, die Namen nichts zählten. Da war er whiteboy, mista, myfriend, come here myfriend, da hieß er, weil sein Englisch besser war als sein Französisch, Amer-kaa, hey Amer-kaa, whiteboy, come here, come to me, you owe you pay you live, riefen sie, und das bedeutete, dass er für seine Hautfarbe zahlen sollte. Sie fuchtelten vor seinem Gesicht herum und gaben zu verstehen, irgendwie, dass er zahlen sollte für die Kolonialverbrechen, die Überheblichkeit der Mächtigen im Allgemeinen, für die Queen oder die Juden oder die Belgier mit ihren Bluthunden, aber das war nur Vorwand. Ein Vorwand, um ihn klein zu machen und einzuschüchtern und auszunehmen. Come here, Amerkaa, save your skin, whiteboy, save your fucking skin, riefen sie, und seine Kollegen, die über so etwas lachten, nannten ihn ol' chap oder mate. Bestenfalls, wenn sie in einer Hotelbar landeten, soldier oder compadre. Niemals Karsten, niemals Matta, kaum einer wusste, dass er so hieß. Es interessierte sie auch nicht. Und der Inder, der hinter der Theke stand im Taj Samudra in Colombo und die Getränke mixte, arrogant und untertänig zugleich, sagte Sir, if you please. Immer nur Sir, if you please. Trinken Sie noch einen, Sir, you look a little shaken up. A little sad, Sir, if you please. How about some smack myfriend? How about I arrange you date my cutey little sister? Eine kleine Gebühr für meine Mühen, Aufwandsentschädigung. Very young, very young one, how about that, Sir? If you please.

Was zählt, ist dieser eine Moment, dachte er, als er seinen Namen hörte, dafür hat es sich gelohnt, alles, was ich erlebt habe, ich wäre nicht hier, jetzt, wenn ich nicht in Ost-Timor gewesen wäre und beschossen worden wäre von irgendwelchen besoffenen Minderjährigen an einer Ausfallstraße von Sarajewo. Ich wäre niemals hier angekommen, wenn ich nicht irgendwann hinter einem Container an einer Tankstelle in Johannesburg gelegen hätte. Zitternd und müde, stundenlang, bis die Sonne aufging. Das hier, das war der Augenblick, der ihn versöhnen sollte, das hier, die Frau, die auf ihn zulief in dieser kalten Nacht, sie war der Grund und sie war das Ziel. Alles, was er bisher erlebt hatte, war geschehen, um ihn diesem Moment zuzuführen. Davon war er überzeugt. Er hörte seinen Namen, laut und deutlich hörte er, wie sie das Gespräch mit ihm aufnahm, indem sie seinen Namen sagte, und die Stadt um ihn herum verschwamm, verschwand, die Taxis schmolzen zusammen zu einer Masse, wurden zu einer träge drängelnden, in der Kälte dampfenden Herde, das Schauspielhaus, an dessen weißer, angestrahlter Fassade ein riesiges orangefarbenes Banner angebracht war, wurde zersprengt und verwirbelt im Kaleidoskop seiner Wahrnehmung.

Ich werde diese Frau beschreiben, liefern, zeigen, wer sie ist. Ich will sie nicht erzählen.

Sie ist so groß wie er. Sie ist dreiunddreißig Jahre alt und weiß oder meint zu wissen, dass sie im allerbesten

Alter ist. Sie ist frei und sie kennt ihren Körper. Sie muss nicht nachdenken darüber, wie sie sich bewegt. Malin denkt in einem Rahmen, der zu ihr passt. Nur selten leistet sie sich Übertretungen. Sie berührt das Grundsätzliche nicht, ihre Übereinkunft mit der Welt. Sie sieht ihr Leben als ein Spiel, ein ernstes, ein schönes Spiel. Sie weiß, sie hat dieses Spiel längst gewonnen. Sie kennt sich wie kaum ein anderer aus im Regelwerk, und sie spielt weiter, Zug um Zug, sie dreht weiter ihre Runden und sammelt ihre Punkte, sie läuft jedem Ball hinterher, weil diejenigen, die sich mit ihr einlassen, eine würdige Gegnerin in ihr haben sollen. Das ist es, was sie ausmacht.

Sogar die Sache mit dem Großvater hat sie, so glaubt sie, im Griff. *Ich will sie nicht erzählen.* Sogar Karsten kann sie vielleicht einfügen in ihre Welt. Zumindest eine Zeit lang. Sie will behutsam sein. Sie will sich nicht unterordnen und nicht erdrücken lassen. Nicht einmal von Karsten. Sie will bei sich bleiben, frei bleiben. Die Ordnung aufrechterhalten, die sie in ihrem Leben geschaffen hat.

Sie hatte einen Hörsturz vor ein paar Jahren. Seither ist sie nicht mehr schwindelfrei.

Er hatte ihr nichts erzählt am Telefon, nichts vom pakistanischen Konsulat, von dem Konsularbeamten, er hatte ihr nicht erzählt, wie er die Stille empfunden hatte in der Sicherheitsschleuse, dass sie vor ihm gestanden hatte, ein zittriges, blasses Bild in der Spiegelung der Panzerglasscheibe. Eine Frau, Rücken durchgedrückt, an einem Strand, der Kalmarsund, dicke Schneeflocken, absolute Windstille, die riesigen Flocken fielen gerade herunter.

Karsten hatte in das Nichts hineingesprochen, das ihre Mailbox war, hatte gesagt, dass er kommen werde, dass er sie sehen müsse. Ihre Abmachung aus dem letzten Sommer hatte er gebrochen. Sag niemals, dass du mich sehen musst. Sag niemals, dass du ohne mich nicht sein kannst. Tu nicht so, als wenn irgendetwas davon abhängen würde. Es ist nicht ehrlich. Es ist nicht wahr. Nicht in deinem Leben, nicht in meinem.

Malin war in den Zug gestiegen und hatte das Handy ausgeschaltet. Sie blätterte in einem Buch, das Karsten ihr geschickt hatte zusammen mit einem sehr schönen, sehr praktischen Reisewecker. Eine seiner kleinen Aufmerksamkeiten, eine Amazon-Aufmerksamkeit, so nannte er das. Alle paar Wochen bekam sie so ein Päckchen. Sie wunderte sich, dass der Zug keine Verspätung hatte, obwohl es ein schwedischer Zug war. Sie las ein paar Seiten von dem Theaterstück und dachte, das ist ein Scheißtext, ein zusammengestückelter Scheißtext, warum schickt er mir so einen Blödsinn, als wollte er mich auf die Probe stellen, und sie nahm das Buch und stopfte es zusammen mit einer leeren Coladose in das viel zu kleine Abfallfach unter dem Fenster. Das Buch hieß *Krieg* und hatte einen einfachen weißen Einband. Eine gepflegte, ältere Frau in einem dunkelblauen Kostüm schaute belustigt herüber.

Ich weiß nichts über Matta, dachte sie. In der Ferne waren die Lichter einer Raffinerie zu sehen oder eines Kraftwerks. Wie ist es zu diesem Leben gekommen?, fragte sie sich. Wieso macht er diese Arbeit? Er behauptet, dass es ihm Spaß macht. Und er denkt, dass diese Welt, in der er arbeitet, unsere Welt ist. Er meint, es gibt einen direkten Zusammenhang zwischen dem, was in Angola passiert, und dem, was in Köln oder Berlin passiert. Folglich ist er der Experte für Angola und für Köln oder Berlin. Er ist unerträglich, manchmal weinerlich, manchmal verlogen, immer mit sich selbst beschäftigt, und trotzdem ... Es gibt verschiedene Typen, hat er erklärt, sie gehen nicht alle gleich damit um. Angst, hat er gesagt, haben sie alle, das ist klar. Aber die einen sind einfühlsam und zurückhaltend, vor allem die irgendwie grundreligiösen Amerikaner, die anderen sind so abgeklärt, sie suchen den Nervenkitzel zu Hause. Habe alles schon gesehen, alles erlebt, erzähl mir etwas von dir. Das ist interessanter. Und dann koksen sie und lehnen sich zurück in ihre Sessel, genießen den Blick hoch über Soundso und warten auf die Show, die das Leben ist. Das Leben zu Hause. Ich kenne so einen, in Madrid. Es ist immer eine Pose, hat er gesagt, und es ist zum Kotzen. Genauso wie dieses Behutsam-Vorgehen-Getue, nichts kaputt machen, Respekt vor jedem Einzelnen. Opfer, Respekt, alle nur Opfer ... ein Freund von mir, ein polnischer Journalist, hat geschrieben, dass in Ruanda unschuldige Menschen andere, ebenso unschuldige Menschen hingemetzelt hätten, und zwar ohne Grund, ohne Notwendigkeit. Das ist Blödsinn, diese Menschen sind Mörder und schuldig – Wie kann ein Unschuldiger ein Massaker anrichten? –, und einen Grund gibt es immer, auch wenn wir das nicht so sehen, und die anderen, die wimmern und um ihr Leben betteln, wären genauso schuldig, würden genauso morden, wenn sie nur die Gelegenheit hätten, und die Leute, die Alten und die Frauen, die im Dreck hocken und zuschauen bei dem Gemetzel, sind genauso schlecht und langweilig und dumm wie die Leute, die da am Nebentisch sitzen. Sie waren in einem Café irgendwo in Berlin. Vielleicht sind sie schlechter, sagte Karsten. Zerrüttet, irgendwie. Erst betteln sie und zeigen dir ihre mageren Kinder und dann drehst du dich um und sie schimpfen über dich. Würden dich umbringen, zerhacken, wenn sie noch die Kraft dazu aufbringen könnten. Wenn sie etwas davon hätten. In Ruanda haben die Frauen und die Kinder, diese süßen kleinen Kinder mit den großen Augen, genauso ihre Nachbarn zerhackt wie alle anderen auch.

Sie hatte ihm ein paar Mal, am Telefon, in den Hotels, in denen sie sich trafen, diese Fragen gestellt. Warum bist du so? Wie ist es dazu gekommen? Er hatte geantwortet: Es geht nicht darum, woher ich komme. Wie es dazu gekommen ist. Ich erzähle dir meine Kindheit nicht. Das hier ist nicht so eine Geschichte, wo man nach den Gründen und nach den Anfängen sucht. Hier geht es um uns, es geht darum, was jetzt ist und wie es weitergeht. Bis wir an ein Ende kommen, an einen

Punkt, an dem die Forderungen, die sich hier aufbauen, erfüllt sind. Es ist eine Geschichte wie ein harter, kurzer Satz.

Karsten nahm ihre Tasche, sie liefen durch eine belebte Straße mit Cafés und Buchhandlungen und Blumenläden, sie fanden ein Hotel. Ein bisschen alternativ, auf skurrile Weise einladend. Das Understatement gefiel Malin, das Konspirative, es passte zu ihrer Stimmung. In dem Hotel ein Restaurant. Am Eingang stand ein Hotelangestellter oder ein Kellner in einem lächerlichen Pagenanzug, ein Junge mit roten Strähnchen im blonden Haar, das unter der weit nach hinten geschobenen Kappe hervorlugte. Er brachte die Tasche ins Zimmer und erklärte sich gegen ein Trinkgeld bereit, Karstens Wagen zu holen. Der stand irgendwo auf der anderen Seite des Bahnhofs.

Sie setzten sich auf ein Sofa in die hinterste, dunkelste Ecke des Restaurants, in dem nur noch ein einziger Tisch am Fenster besetzt war, sie fassten einander an den Händen wie zwei Teenager, die einfach noch nicht weiter gekommen waren in ihrer Vertrautheit. Dann sagten sie gar nichts, eine ganze Zeit lang schwiegen sie und Karsten dachte daran, wie sie sich kennen gelernt hatten, sie erinnerten sich an ihre ersten Begegnungen in Kalmar in dem kleinen Heimatmuseum und gleich darauf in einem Landgasthaus, und wie er sie mitgenommen hatte nach Öland, zu Rebecca und den Kindern, wie natürlich und selbstverständlich es ihnen geschienen hatte, dass sie gedacht hatten, es geht irgendwie, es wird schon irgendwie gehen. Das gehört alles zusammen, diese Familie und Karsten und Malin. Und Rebecca hatte sie angenommen, und nicht nur das. *Sie* hatte sich verliebt in Malin und nahm sich vor, die Situation zu *lernen* – ihr Ausdruck –, damit umzugehen und erst einmal alles zu akzeptieren, weil diese Frau, diese Schwedin, Malin war. An der alles stimmte. Ihr Kopf, ihre Bewegungen, die Hände. Alles gepflegt, aufgeräumt. Sie war ehrlich und sie war ernst und sie war leidenschaftlich. Wie sie mit den Kindern umging. Rebecca dachte alles Mögliche in diesen Tagen, es gingen ihr tausend Dinge durch den Kopf, und unter anderem dachte sie, Malin könnte eine Chance sein, könnte etwas lostreten in ihrem Leben. Vielleicht ging es um Freiheit.

Sie saßen auf dem Sofa und schwiegen, und Malin hatte ihre Beine angezogen, sie rauchte und sie berührte mit dem Ringfinger das kleine Mal unter ihrem rechten Mundwinkel, als wollte sie eine Irritation entfernen, und schweigend formulierten sie beide ihre Wünsche und ihre Ängste, was sie einander sagen wollten in den nächsten Tagen, denn darum ging es erst einmal, um die nächsten Tage, sie sollten sehen, wo sie waren, woran sie waren, dann konnte man nachdenken und planen. Warum sind wir nicht gleich aufs Zimmer gegangen?, fragte Karsten schließlich, warum? Da unterbrach sie ihn. Es ist zum Kotzen, Karsten, aber ich liebe dich immer noch. Ich sage es dir jetzt, damit das geklärt ist zwischen uns.

Darauf war er nicht vorbereitet gewesen. Er hatte nicht damit gerechnet, dass sie auf diese Weise eingriff in das, was sich hier abspielte. Sie war geduldiger sonst, passiver. – Du hast einen Strafzettel bekommen, sagte der Page, der mit dem Schlüssel zurückkam, ich habe ihn auf den Beifahrersitz gelegt. Er sagte du. Felix heiße ich, und wenn ihr noch einen Wunsch habt. Ich bin eigentlich immer hier. Habt ihr Hunger? Die Küche ist geschlossen, aber ich mache euch noch etwas, wenn ihr wollt. Er solle sie einfach überraschen, sagten sie. Bringen, was er da hätte. Es dauerte nicht lange. Er stellte mehrere kleine Teller und Schüsseln auf den Tisch.

Ich habe in dem Buch gelesen, das du mir geschickt hast. Ich habe mich darüber geärgert. Ein Scheißbuch. Versuch einmal, das in Colombo im Hotel liegen zu lassen, deine reisenden Kollegen, die deutschen Text- und Bildmilizionäre, die sich bisher immer an deinen Hinterlassenschaften erfreut haben, werden sich ans Fenster stellen und eine Seite nach der anderen herausreißen und auf die verdreckte Straße segeln lassen, schaut her, was ich mache, hier, so sieht der Krieg nicht aus, nicht einmal der Krieg in unseren Köpfen und in unseren Fernsehern, schaut, es schneit, Fitzelchenliteratur, Macho-Literatur, aufgemotzte Darstellungsmaschinerie. Für Leute wie mich, für Museumsleute, magst du gedacht haben, als du es bestellt hast, du wolltest mich für dumm verkaufen. Gib es zu.

Schließlich wollte sie wissen, ob er vorhabe bei ihr zu bleiben. Wie er sich das vorstelle. Ob ihm schon mal der

Gedanke gekommen sei, sie zu fragen. Oder ist das einfach schon beschlossene Sache, fragte sie. – Ich will an den Strand, sagte er, mit dir. Am besten morgen.

Was ist mit den Kindern?, fragte Malin. Was ist mit deiner Arbeit? Du wirst es irgendwann bereuen. Alles. Irgendwann sitzt du mit deiner Segeltuchtasche da und denkst, ich bin so weit. Ruft an. Schickt mich irgendwo hin. Aber dann ist es zu spät und du bist zu alt. Andere werden das machen, wahrscheinlich nicht schlechter als du. Und in ein paar Jahren stehst du vor einer Tür, in Berlin oder sonst wo, und klingelst. Willst deine Kinder sehen. Aber auch dafür ist es zu spät. Sie gehen längst ins Gymnasium und sie werden dich nicht einmal wiedererkennen. Deine eigenen Kinder.

Karsten schwieg. Er nahm ein Stück Brot. Dann meinte er, er könne sich nicht erinnern, jemals ohne Papiere unterwegs gewesen zu sein. Ich habe noch nie so festgesessen. – Gibst du mir die Gabel? Hast du keinen Hunger?

Sie tranken Wein, etwas Prickelndes aus dem Elsass. Sie sagte, sie müsse in zwei Tagen in S. sein. Wegen der Ausstellung. Worauf Karsten nicht einging. Ich habe dir das Buch geschickt, sagte er, weil es *Krieg* heißt und weil es zu wenig Bücher gibt, die *Krieg* heißen. Du kannst mich hassen, für das und für alles, für diesen Überfall, dafür, dass ich dir nicht zuhöre, wenn du über deinen Großvater sprichst, aber du musst mit mir schlafen, wenn wir fertig sind mit dem Wein und den Antipasti. Felix wird uns nicht rausschmeißen. Und morgen, was meinst du?, morgen fahren wir los, du und ich, wir fahren nach Kalmar oder an einen Kalmarort, irgendwo an die Küste, wir setzen uns in einen Strandkorb, den sie vergessen haben hereinzuholen für den Winter, und warten, hoffen, dass der Schnee aus Kalmar kommt, zu uns kommt, uns einholt, weil ich noch nie am Strand gewesen bin, wenn es geschneit hat.

Meine Arbeit ist dir egal?, fragte sie und er antwortete: Ja, deine Arbeit ist egal im Moment. Deine Arbeit ist auch *dir* egal im Moment. Jetzt sind wir dran. Was wir hier machen, ist wichtiger. Siehst du das nicht? Karsten nahm eine Papierserviette und schnitt mit einem Messer die unteren Kanten auf, dass es aussah wie ein kleines, hochformatiges Heft. Dann ließ er sich von dem Kellner einen Stift geben und schrieb REISEPASS darauf. Auf die zweite Seite schrieb er seinen Namen, M-a-t-t-a, und auf der Dritten kritzelte er, kaum lesbar: Besondere Kennzeichen – keine. Wenn wir morgen früh losfahren, sagte er, sind wir noch vor Sonnenuntergang in Kalmar. Oder was willst du? Irgendwo anders hin? Etwas Exotisches? Etwas Lebhafteres? Nach Amerika? Von mir aus. Amer-kaa, ein Land im Kriegszustand, das wird ein Bombenurlaub, wir legen uns an einen großen Pool zum Beispiel in einem Fünf-Sterne-Hotel, im Waldorf, wir fliegen nach New York, und trinken Cocktails am Pool und schauen uns das große Loch an, wir fahren zum Grand Canyon oder zu den Niagara Falls, alles große Löcher, Amerika ist das Land der großen Löcher, und Niagara, dorthin fahren die Amerikaner zum Honeymoon, wir nehmen uns einen Wagen und fahren hin, kein Problem, ganz, wie du willst, wir feiern Hochzeit in Niagara, das ist jetzt ein Antrag, ein Heiratsantrag, es geht ja nicht darum, dass es ganz offiziell ist, wir lassen uns einfach trauen von einem Mietpfarrer, toben uns aus in einer enormen Honeymoon-Suite mit einer riesigen rosa Badewanne und einem riesigen rosa Wasserbett und lassen uns kalifornischen Sekt bringen.

Malin verstand das nicht. Sie wunderte sich über diese Vorstellung, fragte sich, wie er auf den Gedanken gekommen war, seine Kalmarfantasie, das stille, winterliche Kalmar, einzutauschen gegen diese Horrorvision. Ihr zuliebe. Wie er sich lustig machen konnte über seine eigenen Sehnsüchte. Und dann erzählte Karsten, dass sie ihn gerettet habe, vor einer osteuropäischen Nutte, wahrscheinlich verseucht, sagte er und sie aß von den Antipasti und glaubte ihm kein Wort. Ich hatte schon die Hose auf, sagte er, sie hat mir ihre Schamhaare gezeigt, was davon übrig geblieben ist, sie hat fast alles wegrasiert, nur einen kleinen Steg stehen gelassen, sie stand vor mir und zog mit dem Daumen den Slip runter, weil sie mich anturnen wollte, sie wollte mir etwas Teures verkaufen, Schwedisch, sie wollte mir Schwedisch verpassen, weil Französisch zu billig ist und eine Schweinerei.

Was ist denn eigentlich Schwedisch, fragte sie lachend, ungläubig, oder hast du das jetzt gerade erfunden? – Das ist mir gerade so eingefallen. Er gab ihr einen Kuss, irgendwo hinter dem rechten Ohrläppchen. Aber es stimmt, flüsterte er, ich lag auf dem Bett und die Frau, die mir nicht einmal ihren Namen gesagt hat, was ich gut fand, denn sie sind immer lächerlich, diese erfundenen Hurennamen, sie heißen alle Linda oder Michelle oder Natascha, wenn ihr Akzent nicht zu verbergen ist, die Frau zerrte an meiner Hose, weil sie endlich loslegen wollte, und dann piepste das Telefon und ich hielt sie fest am Handgelenk, richtig fest, weil sie hartnäckig war und fertig werden wollte, aber dann merkte sie sehr schnell, was los war und ließ mich in Ruhe. Sie stand, als wir miteinander telefonierten, vor dem Spiegel wie Nicole Kidman in *Eyes Wide Shut*, linke Hand auf der rechten Schulter, spitze Schulter, schöne Schulterblätter, sie rauchte, das sah wirklich gut aus, wirklich nicht schlecht für eine osteuropäische Hure, die eine Filmpose ausprobiert.

Möchtest du noch etwas?, fragte er.

Ich kann nicht mehr. Sie schob den Teller von sich, legte ihren Kopf auf seine Schulter und betrachtete die Decke. Es war schummrig in dem Raum, sie konnte Ranken erkennen, eine Art Jugendstilmuster.

Komm schon, iss etwas. Wir nehmen noch eine Flasche Wein.

Du bist betrunken, flüsterte sie, du hattest schon vorhin eine Fahne. Am Bahnhof.

In Berlin, sagte Karsten. Er brauchte den Satz nicht zu vollenden.

Hinter dem Bahnhof, fragte Malin, hast du gesehen? Da standen diese ausgezehrten Junkies. Junge Hunde jagten um sie herum. Junkies haben immer junge Hunde, nie ältere. Hast du das bemerkt? Und diese Hunde sehen immer gut gefüttert aus, gesund, kräftig, mit glänzendem Fell.

Um drei Uhr begann Felix, die Frühstückstische zu decken, er stellte auf jeden Tisch einen kleinen Tischabfalleimer aus weißem Plastik mit blauer Beschriftung, da stand etwas von Friesentee, kräftige Mischung, und dann besah er sein Werk und begann, alle Abfalleimer wieder einzusammeln auf einem riesigen, runden Tablett. Malin klatschte, als er vorbeikam, die Eimerchen balancierend, und er lächelte und verbeugte sich ein wenig zur Seite. Sie standen auf, liefen hinter ihm her in Richtung Küche und sagten, wir nehmen noch eine Flasche Wein, bitte, und Felix nickte und verschwand hinter einer schweren, nirostabeschlagenen Tür. Schließlich kam er zurück mit einem großen Teller, ging zu einer Vitrine, die neben der Theke stand, und begann, Kuchenstücke und Teilchen und kleine Puddingschälchen darauf zu arrangieren, sechs oder sieben Desserts, Mandarinenstücke dazwischen, Mandelscheibchen, Löffel und Kuchengabeln, eine kleine Nachtischvariation, sagte er, geht aufs Haus, ich bringe euch den Wein ins Zimmer. Ich komme gleich. Hier, der Schlüssel. Nummer 12, erste Etage. Das Gepäck habe ich schon reingestellt.

Noch auf der Treppe schlug ihre Stimmung um, sie waren übermüdet, sie hatten sich nicht im Griff. Eben hatten sie noch Reisepläne geschmiedet, sie waren albern gewesen und hatten sich gegenseitig gefüttert, und er hatte ihr diese Sache mit der Hure erzählt, die sie nicht glaubte, und nun liefen sie den altmodischen Hotelflur entlang, über einen dunkelgrünen Sisalläufer auf knarzenden Dielen, und Malin begann, von ihrem Großvater zu erzählen, sie hatte ihm bereits am Telefon von ihrem Besuch erzählt, da war er auf dem Weg zum Konsulat gewesen, und sie hatte beim Essen versucht, ein paar Andeutungen zu machen, auf die Karsten nicht eingegangen war, weil er zu sehr mit sich selbst beschäftigt gewesen war, aber jetzt, im Halbdunkel des Hotelflurs, versuchte sie es noch einmal, sagte, Karsten, mein Großvater, es ist erschreckend, mein Großvater ist ein verrottetes Stück Fleisch, mehr nicht. Ich weiß, das hört sich furchtbar an, herzlos, aber er stinkt, er ist gierig und altersgeil und er stinkt nach schimmeligem Kühlschrank und nach Urin. Sein Bademantel, das ganze Haus, es stinkt nach Pisse. Der große Sessel, sagte sie, als sie im Zimmer waren, der große Sessel, in dem ich als Kind Kapitän gespielt habe, er stinkt nach Pisse. Und das ist wahrscheinlich das Schlimmste daran, dass er meinen allerersten Sehnsuchtsort, diesen Sessel, vollgepisst hat. Großmutter ist verzweifelt, sie ist depressiv, nimmt sogar Tabletten, die sie aufmuntern sollen, aber es nützt nichts, denn sie hat ja Recht. Die Tabletten verändern den Zustand ihrer Welt nicht, sagt sie.

Felix kam mit den Desserts und dem Wein, während sie ihre Schuhe auszogen, er brachte zwei sehr elegante Kristallgläser und einen Korkenzieher. Malin kramte in ihrer Tasche nach Trinkgeld. Weißt du, ich habe Nusskipferln gegessen, vor ein paar Tagen, sagte Karsten, als Felix die Tür hinter sich zugezogen hatte. Sie standen nebeneinander vor dem Dessertteller und betrachteten ihn wie etwas Fremdes, Unverständliches. Er hatte seinen Arm um ihre Hüfte gelegt und zog sie an sich. Nusskipferln von Bahlsen, sagte er, auf der Packung standen die Zutaten auf Deutsch, Englisch, Holländisch, Französisch, Griechisch und Arabisch. Sucre, farine, suiker, und dann diese arabische Schrift.

Sie begannen ein todernstes Spiel, ihr Spiel, auf das sie sich schon am Kalmarsund geeinigt hatten, an einem Nachmittag, als Rebecca mit den Kindern unterwegs war bei irgendeinem Strandausstatter. Hüpfsäcke, Hüte, ein aufblasbarer Delphin, Beach Tennis, obwohl Malte noch zu klein war dafür. Das Spiel begann damit, dass Karsten sie auf das Bett schubste und auszog, so weit es ging, Malin ruhig stellte, die sich nicht wehrte, nicht unmittelbar, aber verweigerte. Indem sie sich wand und ihre Arme über der Brust kreuzte und ihr Gesicht zur Seite drehte. Er dauerte eine Weile, dieser Kampf, der keiner war, er kostete Kraft, sie schwitzten und sie lachten noch dabei, ein Knopf ihres Hemds riss ab, und dann lag sie schließlich da, nackt und mit geschlossenen Augen und sie presste die Beine zusammen und dann drehte sie sich, lag auf dem Bauch mit den Händen hinter dem Kopf. Er betrachtete sie, wie sie da lag, er glich sie mit seiner Erinnerung ab, mit dem Bild, das er in seinem Kopf herumtrug, fand sie schöner noch, graziler, gleichzeitig kräftiger, er liebte ihre Haut, den Flaum, der sich am Rückgrat entlang zog. Er beugte sich über sie, schob ihre Haare zur Seite, küsste ihren Hals, jeden einzelnen Wirbel. Dann begann er mit ihr zu kämpfen, sie kannte das, wusste, was sie zu erwarten hatte, er warf sie herum, sie versuchte, sich zu wehren, aber schließlich hatte er sie so weit und er drang in sie ein und sie wand sich und versuchte etwas zu sagen, er stöhnte und röchelte, als hätte er einen Bauchschuss abbekommen, als füllte sich seine Bauchhöhle, die Lunge unaufhaltsam mit Blut. Sie sagte, du tust mir weh, und er flüsterte, hastig, kaum hörbar, ich liebe dich, und sie antwortete, ich weiß und er hielt ihr den Mund zu und drehte ihr den Arm um, drückte sie fester in die Matratze, so dass sie in seine nasse Handfläche schrie und versuchte, nach ihm zu beißen. Sie bog im Schmerz ihren Rücken durch, streckte ihm ihren langen, schlanken Körper entgegen, ihre Brüste verschwanden in der Streckung, es war eine Linie, eine elegant verzogene Brücke, die sie schlug. Ihren Kopf hatte er seitlich in das Kissen gedrückt, sie starrte ihn mit aufgerissenen Augen an, wagte nicht, den Blick abzuwenden.

Aber es war nur ein Spiel. Karsten ließ los, endlich, und stand auf. Malin zitterte und war schweißgebadet und sie hatte Tränen in den Augen. Karsten stand mit seiner dunkelroten Erektion im hell erleuchteten Zimmer, er trug noch Hemd und Socken, hantierte mit dem Korkenzieher und der Flasche, und Malin stand auf und kam zu ihm, im Gehen kugelte sie ein bisschen mit der verrenkten Schulter, und sie nahm einen Bissen von dem Schokoladenkuchen und sagte, du siehst aus wie… du siehst aus wie ein Lagerkommandant, so stelle ich mir einen Lagerkommandanten vor, der gerade eine Vierzehnjährige vergewaltigt hat, und sie massierte sich am Schlüsselbein und trank den Wein, den er ihr gab. Dann sagte sie, trotzdem, du bist ein guter Liebhaber, ein ernst zu nehmender Gegner, und beides trifft mich anscheinend, und sie stellte ihr Glas ab und verführte ihn, ganz langsam jetzt, sie kam zu ihm und fasste ihn an, griff an seine Hoden und flüsterte in sein Ohr, sagte immer wieder, jetzt gehörst du mir, jetzt gehörst du mir, jetzt habe ich dich, jetzt gehorchst du mir. Fuck me, fuck me, soldier, und sie zogen sich gegenseitig auf das Bett und er zog sein Hemd aus und sie vollendeten, was sie begonnen hatten, vollendeten es langsam und zärtlich.

Es geht doch, sagte sie. Sie atmete schnell, strich sich das nasse Haar aus der Stirn.

I'm a soldier. Alles geht, irgendwie.

Farine, sagte er leise, Farine, das heißt Mehl, ich möchte wissen, wie man das auf Arabisch sagt. Farine, das wäre ein schöner Name für ein Kind.

Wer isst diese Nusskipferln, fragte sie, welcher Grieche, welcher Araber?

Sie sitzen in ihren Büros, in den Glaspalästen in Dubai oder irgendwo in Sanaa, und sie verschieben Gelder und finanzieren Kriege und essen dabei diese pseudoösterreichischen Nusskipferln. Stell dir vor. Griechische Reeder, Waffenschieber, Menschenhändler. Vielleicht sind diese Leute einfach überzuckert.

Ihr fehlte die Kraft, darüber zu lachen.

Möchtest du ein Kind?, fragte sie.

Dein Kind?

Ja. –

So wird das nichts. Du läufst aus. Meine Hand ist ganz nass.

Samstag

Sie liefen über die Lange Reihe, eine Straße gleich hinter dem Hotel, es war schon nach zwölf, sie schauten in die Cafés und die Auslagen der Afro-Läden. Machten sich lustig über die Wasserpfeifen und über ein Plakat, auf dem die jamaikanische Bobmannschaft abgebildet war. Während sie die Straße entlang schlenderten, sagten sie sich alles, in einem Anfall von Ehrlichkeit. Beide packten sie aus. Er bestätigte noch einmal, dass er bei einer osteuropäischen Hure gewesen sei. Weil er auf sie gewartet habe und nicht mehr daran geglaubt habe, dass sie auftauchen werde. Ich hatte Angst vor mir selbst in diesem Zustand. Angst davor, dass mir Rebecca nicht aus dem Kopf gehen würde. Es ging darum, nicht Ehemann und nicht Vater zu sein an diesem einen Abend, das alles abzulegen. Ich wollte nichts sein, keine Rolle haben, keinen Beruf. Ohne Verantwortung für irgendjemanden. Einfach nur ein Typ mit seinem Trieb. Dann kam die Nutte und sagte, du bist einsam, und ich fragte, was verordnest du mir? Aber das Wort verordnen kannte sie nicht. Egal, sie machte mir dieses Angebot und wir gingen über einen Hinterhof in ihr Zimmer. Hell erleuchtet. Ich habe ihr nicht ins Gesicht geschaut.

Malin hatte eine Freundin, über die sie verfügte. Das macht Spaß, ich leugne es nicht, sagte sie, es macht eigentlich, eigentlich, eigentlich mehr Spaß, das mit der Frau. Das hat mit dir nichts zu tun. Und sie dachte, er wird es ertragen. Mit dieser Art von Wahrheit kann er umgehen, es sind die anderen Wahrheiten, die unpersönlichen, die abstrakten, die er nicht verträgt. Die Zahlen. Wenn sie ihm eröffnen würde, sie hätte mit so und so vielen geschlafen, egal, ob mit Männern oder mit Frauen, das könnte ihm wehtun.

Wie heißt sie?, wollte er wissen. Er war sich noch nicht sicher, ob er ihr glauben sollte. – Ich nenne sie Frau. Sie hat einmal Deutsch in Indonesien unterrichtet, erzählte Malin, da haben die Schüler sie Frau genannt, so wie man Sir oder Mijnheer sagt: Entschuldigung, Frau, haben sie gesagt und geschnippt, Entschuldigung, darf ich auf Toilette? Oder: Ja, Frau, den Aufsatz gebe ich Ihnen morgen. Also heißt sie Frau. Sie kocht ganz hervorragend und sie mag alte Filme, Hollywood-Schinken, schwarz-weiß, und wenn ich anrufe, dann bringt sie Videos und ein paar Spielzeuge mit. Spielzeuge, du weißt schon. Sie hat eine Tasche extra für diese Sachen. Klein, bunt, praktisch, wie eine Strandtasche. Ich habe sie bei einer Führung kennen gelernt. Matisse oder so, ich weiß nicht mehr genau. Etwas Langweiliges. Offensichtliche Kunst, selbstzufriedene Kunst. Frau macht Essen in meiner Küche, bringt alles mit, und sie kocht nicht nur Indonesisch. Sie kann Zitronengrassuppe, eingelegte Hühnerspießchen, alles Mögliche. Wir tragen große, weiche Hotelbademäntel und schauen uns diese Filme an, und immer wieder erwische ich sie dabei, wie ihre Hand wandert, in meine Richtung, wie sie näher heranrückt, wie sie meinen Oberschenkel erkundet. Es stört sie, wenn ich meine Beine nicht rasiert habe, sie sagt, für Männer tust du es doch auch, oder? Irgendwann fallen wir dann übereinander her, landen auf dem Boden, und sie sagt, halt, warte, die Tasche. Wo ist die Tasche?

Danke, sagte Karsten, dass du meine Fantasien bedienst. In meinem Kopf läuft schon dieses anregende Filmchen ab, indonesisches Essen, Rita Hayworth, schwarze Dildos... aber warum soll ich dir glauben? Sag mir einen Grund, warum ich dir das abnehmen soll? – Weil ich es mit *dir* aufnehme, antwortete sie.

Er stehe auf *petite*, sagte er nach einer Pause, Asiatinnen und so weiter. – Sie lachte. Ja, das hatte sie sich irgendwie gedacht. Diese Männer, Männer wie er, die wissen natürlich genau, was sie wollen, die mögen Mädchen aus dem Orient. Zierlich und jung. Riesige Augen, glatte Haut. Sie haben genaueste Vorstellungen. Und diese Mädchen wiederum wissen, was die Männer wollen. Spielen mit, lassen sich inszenieren und drapieren, können es perfekt. Gelbfieber nennt man das, Gelbsucht. Da ist es vorbei mit dem modernen Mann, beim Lob der zarten Frauen, die ihre Sprache nicht sprechen.

Aber, erklärte Karsten weiter, ich habe mich noch nie in eine verliebt. Die wenigen Frauen, in die ich mich verliebt habe, waren groß, biegsam. Die haben mir nicht diesen Blick zugeworfen, von unten herauf, wie auch du es nicht tust, es sei denn, dir macht es Spaß, mich in deine Gewalt zu bringen. Du kannst dich wehren, wenn es dir passt. – Nicht nötig, meinte Malin.

Ich wähle nicht, behauptete er, ich werde gewählt. Ich weiß nicht, warum. Ich weiß nur, dass ich immer wieder bei diesen Frauen lande, in deren wirren Gliedern ich mich verstricke. Das ganze Bett voller loser, glatter Arme und Beine. Unordentlich das Ganze. Gut sichtbare Halsschlagadern, meine Liebe, offen liegende Hälse, die sich mir entgegenstrecken... Das Schönste ist, wenn du dich aufbäumst. Ich warte darauf, ungeduldig, dass du den Kampf aufnimmst. Immer wieder. Ich bin gierig danach. Haarfarbe und so, das war immer egal, es ging um die Gliedmaßen und um das, was sie sagten in den entscheidenden Augenblicken, es ging um den Geruch. Das Wichtigste waren die Worte in dem einen Moment, der zählte, und der Geruch ihrer Haare. Du hast mich gewählt, nicht umgekehrt, das weißt du ja. In Kalmar. Du hast mich einfach mitgenommen, hast nicht lange gezögert.

Ohne ihn anzuschauen, sagte Malin: Es ist dir schon klar, wer hier das Opfer ist, oder? – Und Karsten kaufte Eis für sie beide, eine Kugel grüner Tee und eine Kugel Mango, dabei war es empfindlich kalt, und er sagte, während er das Kleingeld in die weiße Porzellanschale legte: In der Provinz, in die Max mich schicken wollte, sind nach vorsichtigen Schätzungen eine Million Kalaschnikows im Umlauf. Ich habe keine Angst vor dir. Ehrlich. – Scheißkerl, sagte sie. Und meinte es so.

In Karatschi ist in einem nagelneuen Einkaufszentrum eine Granate explodiert. Ein Mädchen, vier Jahre alt, wurde zerfetzt. Splitter flogen, Granatsplitter, Glassplitter von den Schaufenstern, und verletzten viele der Umstehenden. Verantwortlich ist Sipah-e-Muhammad oder die noch brutalere Gruppe Lashkar-e-Jangvi. Noch hat sich niemand zu dem Anschlag bekannt. Die Tatsache, dass ein Kind dabei zerrissen wurde, wird sie nicht davon abhalten. So etwas hat sie noch nie gestört. Die Regeln dieses Krieges sind andere.

In Ruanda kamen auf jede Zeile, die ich geschrieben habe, etwa 4500 Tote, und ich habe sehr ausführliche Berichte verfasst. Das sind gut hundertfünfzig Zerhackte oder Zertretene oder elendig, keuchend, am Straßenrand Zusammengebrochene pro Zeichen. Jeder getippte Buchstabe stand für hundertfünfzig in der Hitze aufgeblähte Leichen. Ruanda, das Flüchtlingslager in Goma, das war die Hölle. Die hätten über das Warschauer Getto, über Srebrenica, über Wounded Knee gelacht, wenn sie gewusst hätten, was das ist.

Es ist *ein* Krieg, ein globaler Vernichtungskrieg mit primitivsten Mitteln. Er ist neu und er ist anders und er ist überall. Er findet in den Dörfern statt, in die nie einer kommt, und in den Flüchtlingslagern und in den Köpfen. Und ich habe ihn gesehen. Die meisten Opfer sind auch Täter, haben selbst gemordet und gehetzt und vergewaltigt, es geht gar nicht anders, rein rechnerisch gesehen. Manchmal gibt es Bilder, die ablenken sollen von den Zahlen. Einzelschicksale, Einzelfälle, die nichts bedeuten. Ein Mensch, ein Kind, das sind gar keine Größenordnungen in diesem Krieg. Das zählt nicht. Ich habe ein Kind gesehen mit einem Geschwür am Kopf, so schwer, dass es nicht mehr gerade sitzen konnte. Ich habe gesehen, wie ein mit Drogen voll gepumpter Soldat eine Frau vergewaltigt, der er vorher mit einer Eisenstange die Knie gebrochen hat. Damit sie ihm nicht wegläuft. Er lässt sie im Dreck liegen, in den er sie gestoßen hat, er wischt sich mit dem Hemdzipfel den Schwanz ab, macht die Hose zu, spuckt aus. Er dreht sich weg, lässt sie liegen, statt ihr den Gefallen zu tun, sie zu töten. Sie bewegt sich noch. Sie wimmert. Als er mich sieht, lacht er und ruft mir zu, man, ruft er, I am fuck man, good fuck good fuck and fast. Yes yes yes. Man, I am good. And now you fuck myfriend. Your turn Amer-kaa brother, ruft er. Seine Augen sind gelb und wässrig. We are friend, sagt er, come here, come, make blood, make love, make daddy proud-proud. Er streckt seine Hand nach mir aus. Die Frau hat Brechkrämpfe, sie würgt und hustet, schnappt nach Luft. Sie liegt im Dreck hinter einem alten, geplünderten Reifenshop, sie windet sich, will sich erbrechen, aber ihr Magen ist leer.

Chris hatte schulfrei gestern, sagte er. Sie waren in einer Buchhandlung. Malin tänzelte mit den langen Fingern über die Buchrücken im Regal, ohne wirklich etwas zu berühren. So hatte sie als Kind Klavier geübt, sonntagnachmittags, wenn ihr Vater seine Ruhe haben wollte. Oft auch nachts. Sie hatte ihre Stücke eingeübt, ein ganzes Repertoire, ohne einen einzigen Ton anzuschlagen. Irgendwann überraschte sie ihre Eltern, spielte etwas vor, auswendig, auf merkwürdige, schöne Weise verhalten. Ihre Eltern wunderten sich, verstanden es nicht, es blitzte der Geniegedanke in ihnen auf, wie bei fast allen Eltern früh musizierender Kinder.

Malin stand am Regal, schaute, beschwor die Bücher mit ihren Fingern, nahm kein Einziges heraus.

Warum?, fragte sie.

Irgendein verschobener Feiertag, sagte er. Er betrachtete ihr leicht geneigtes Profil vor der Bücherwand. – Sie sind schwimmen gegangen. Chris will einen Schein machen. Freischwimmer oder so etwas.

Hast du sie noch gesehen am Nachmittag?, fragte Malin.

Sie sind in der Wohnung eingefallen, als ich meine Mail an Max geschrieben habe.

Eingefallen?

Sie bringen immer alles durcheinander, meinte Karsten. Sie sind territorial wie Tiere. Instinktiv. Das nervt.

Was ist das, Freischwimmer? –

Karsten erklärte es ihr. Mit ein paar Worten, ein paar Gesten, mit den Händen und mit den Augenbrauen und den Falten, die sich in seine Stirn zogen, wenn er bemüht war, sich verständlich zu machen. Er war vierzig, sein Haar silbergrau. Dabei wirkte sein Gesicht jung. Er war nicht gezeichnet wie einer, der Schicksalsschläge hinter sich hatte. Er hatte auch nicht diese Dauerbräune von Reisenden und Bergsteigern und Seglern. Er schwitzte stark, gerade im Winter in überheizten Räumen. Er war eher bleich, sah auch an normalen Tagen, wenn er nicht übermüdet war, nervös, fiebrig aus. Die einzige Farbe in seinem Gesicht war das Blutrot im äußeren Winkel seines linken Auges. Ständig spürte er die Reizung. Malin nahm seine Hand, wenn er versuchte, mit dem Finger das Augenlid hochzuschieben, um sich Linderung zu verschaffen.

Er fragte nach einem Reiseführer über die friesischen Inseln. Wattenmeer. Irgendwo ans Meer wollte er fahren, an einen kalten, verlassenen Strand. Das kann nicht so weit von hier sein, sagte er. Malin ließ seine Hand los, er folgte der Buchhändlerin zu einem bunt überladenen Regal in der Nähe der Tür. Südamerika, Kolumbien, Peru, Myanmar-Burma. Wer fährt nach Myanmar in den Urlaub? Costa Rica. Regenwälder, Ökotourismus, las er. Mit Kartenteil. Schließlich ein handlicher Führer über die *Perlen im Watt*. Nichts über Schweden, nichts über Kalmar.

Vor drei Jahren hatten sie sich kennen gelernt. Rebecca war mit den Kindern in ein Erlebnisbad gefahren, Malte war zwei, Rebecca hatte den ganzen Winter über Sport und Yoga gemacht und trug wieder Bikinis. Auf Öland gab es diese gigantische Wasserrutsche. Karsten hatte viel Spaß gewünscht, hat gesagt, Chris, pass auf deinen kleinen Bruder auf, wenn die Mama am Strand einschläft, und dann waren sie losgezogen. Er hatte sich noch entschuldigen wollen, dass er nicht mitkam, aber Chris war selig, war in Gedanken schon längst bei der Rutsche und einem Eis und seine Augen hatte er aufgerissen und der Blick schien in die Ferne gerichtet. Los, Mama, rief er. Schnell, sonst machen sie noch zu. Vati ist ein Krimskremser, das war sein Ausdruck für Spielverderber und Langweiler und für Leute, die sich mit sich selbst beschäftigten oder sich in irgendwelche Bastelkeller verkrochen. Vati, rief er, kann hier bleiben, rumlaufen und krimskremsen. Deine Gene, dein Sohn, sagte Rebecca. Jetzt schon so ungeduldig. Dann stiegen sie in den Wagen. Chris geht auf die Rutsche, sagte sie noch, und Malte und ich, wir werden uns etwas erholen von dir. Er nickte, schob ihre Tür an, sie fiel dumpf ins Schloss. Endlich!, rief Chris. Rutsche!, sagte Malte.

Er hatte sich diese Auszeit genommen, weil er es brauchte. Rebecca kannte das, dachte sich nichts dabei. Er wollte ausprobieren, wie das war, allein, auf sich selbst gestellt zu sein. Und wenn es nur für einen Nachmittag war. Denn das Alleinsein auf Reisen war anders. Das war Arbeit, gehörte zum Geldverdienen dazu, war keine freie Entscheidung, sich herauszulösen. Auch die Selbstgespräche, die er führte in den Hotels und auf den Straßen, wo ihn niemand verstand, auch das war Arbeit, seine Arbeitsexistenz.

Es war Mittag, er blieb in Kalmar, er ging in eine Kneipe, die nach Ammoniakputzmittel roch, und bestellte ein Bier auf Englisch. Saß dort, allein, an einem Tresen und schaute sich die Zusammenfassung eines Fußballspiels an. Die Mannschaften kannte er nicht. Er war dankbar, dass sich der Barkeeper nicht weiter um ihn kümmerte. Schließlich bezahlte er, lief über eine rote Ampel, obwohl er keine Eile hatte, spazierte durch enge Gassen und überquerte eine bescheidene Ringstraße mit begrüntem Mittelstreifen, er lief durch die Stadt, mit den Händen in den Taschen, er genoss es, sich treiben zu lassen, bis er am Regionalmuseum, einem klassizistischen Bau, vorbeikam und dachte, dass er etwas über diese Gegend erfahren sollte. Er redete sich ein, dass er ein Minimum an professioneller Neugier zeigen sollte. An der Geschichte hier. Er war so etwas wie ein Journalist, immerhin. Er hatte als Journalist angefangen bei einem Regionalsender. Diffuse Neugier, vages Interesse, mehr war da nicht. Mehr brachte er nicht auf. Trotzdem trat er ein. Irgendwann stand er im Büro einer Kulturbeauftragten, die abwinkte, als er seinen schmutzigen Presseausweis aus dem Portemonnaie fummeln wollte. Er fragte nach den Wikingern, nach den Goten, die von hier ausgezogen sein sollten, um Europa zu erobern. Er ließ durchblicken, dass er keine Ahnung hatte, von diesem Landstrich nicht und nicht von Skandinavien. Er konnte kaum die Länder auseinander halten. Das Einzige, was er wusste, stammte von Ikea und Asterix und ein bisschen Ibsen. Und was er mitbekommen hatte bei diesen kinderfreundlichen Urlaubsreisen. Immerhin hatte er im Studium gelesen, wie die Norweger Island besiedelt hatten. Wie sie sich eingerichtet hatten in der neuen Heimat. Er erinnerte sich an das skurrile Rechtssystem. An das Thing, die große Versammlung. Wer seinem Nachbarn ins Feld pflügte, wurde kopfüber aufgehängt. An den Fersen. Sie zogen Seile zwischen Knochen und Achillessehne durch. Langsam verblutete der Übeltäter, schrie und heulte die ganze Nacht. Aber er bat nicht um Vergebung, bettelte nicht um sein Leben. Dafür war es zu spät.

Die Frau entschuldigte sich, sagte, my English is bad, my English is pain. Pain for you, pain for me, sagte sie und lachte. Sie drückte auf einen Knopf ihrer altertümlichen Telefonanlage, sagte etwas auf Schwedisch und schwieg. Lächelte. Wartete. Schwieg. Legte die Hände übereinander. Lächelte. Bis schließlich Malin in den Raum trat. Sie hatte einen Stapel dünner Ordner im Arm.

Schießen Sie los. –

Damit hatte er nicht gerechnet, nicht mit so einem Satz in diesem Städtchen in Schweden. Sie sprach fließend Deutsch. Sie hatte eine kleine Erhebung, ein Mal, unterhalb des rechten Mundwinkels. Wenn sie sprach, bewegte es sich.

Er sah sie an, überlegte, dachte dann, dass sie ihre Ordner ablegen könnte, dass sie nicht wegen ihm gerufen worden war, sondern wegen der Ordner. Deshalb der Einsatz der altmodischen Telefonanlage. Er nur ein Zwischenstopp, etwas, das man im Vorbeigehen erledigen konnte. Er müsste sie schnell etwas fragen, über die

Goten, die ihn nicht wirklich interessierten, über die Geschichte der Stadt. Damit er zumindest etwas zu erzählen hätte am Abend.

Ich hatte einige Fragen, nichts Wichtiges.

Ich heiße Malin, sagte sie.

Karsten.

Kommen Sie mit. – Er nickte in Richtung der Chefin, sie war zweifelsohne die Chefin in dieser Abteilung, und folgte Malin, die weiterhin die Ordner im Arm trug. Mit beiden Händen sicherte sie den Stapel, schob die Türen mit der linken Schulter auf. Sie ging schnell über die Gänge, ohne sich nach ihm umzuschauen. Karsten dachte schon, dass er falsch verstanden hatte, dass er in diesen Fluren nichts zu suchen hatte. Irgendwann klopfte Malin an eine Tür, sah kurz in seine Richtung, während sie wartete. Sie hatte ihn nicht vergessen. Sie bat um Geduld, einen Augenblick nur, hob den Zeigefinger wie jemand, der auf eine leise, ferne Melodie aufmerksam machen will. Hörst du es, hörst du, wie sie singen? – Eine Männerstimme rief etwas, das wohl Herein bedeutete. Malin ging in das Büro und legte die Ordner ab, und als sie wieder in den Flur trat und die Tür hinter sich zuzog, sagte sie: So –

Wie ein Zahnarzt, der nach umständlichen Vorbereitungen, nach dem Händewaschen und dem Heranrücken des Hockers und dem Anschalten der Lampe sagte: Dann wollen wir mal sehen. – Ich weiß nichts über diese Gegend, sagte Karsten. Es war ihm unangenehm, dass sie sich die Zeit nehmen wollte, es schien ihm ein Missverständnis vorzuliegen. Je länger er wartete, desto schwerer würde es sein, den Eindruck zu korrigieren, dass er in einer offiziellen Funktion hier war, dass er vielleicht etwas schreiben würde über Kalmar oder über das Museum. Er mochte diese Situationen nicht, fühlte sich immer irgendwie schuldig, wenn er Erwartungen dieser Art nicht erfüllte.

Ich sollte einfach durch Ihre Sammlung gehen, sagte er, wirklich, statt Sie hier in Beschlag zu nehmen. – Sie war überrascht, dass er nicht entspannter mit ihr umging. Sie waren zusammengeworfen worden. Zufällig oder weil sich ihre Chefin einen Spaß daraus machte. Es sprach nichts dagegen, dass sie sich ein bisschen miteinander beschäftigten. Sie fand ihn unsicher, diesen grauhaarigen Deutschen. Zögerlich. Ein bisschen linkisch. Er schien sich nicht wohl zu fühlen in dieser Rolle, als Bildungsbürger, Tourist, Ausländer. Der keine Ahnung hatte von der Gegend hier. Er war gekommen, weil er sich umsehen wollte, dachte sie, etwas mit nach Hause nehmen wollte, weil er gelangweilt war, nichts mit sich anzufangen wusste an diesem Nachmittag. So sah es aus. In dieser Verfassung war er über die dicke Holzschwelle getreten. Das genügte nicht, ihn zu halten. Wegen ihr, nahm sie sich vor, sollte er bleiben. Vorerst. Für sie sollte er sich interessieren. Keine Spielchen, keine Täuschungen. Keine Führung. Sie wollte ihn kennen lernen, einfach so. Er sollte wissen, woran er war.

Die Sammlung ist nicht besonders interessant, sagte sie. Das heißt, es gibt einige wertvolle Stücke, aber die

Präsentation ist altmodisch. In den nächsten Jahren wird hier alles renoviert. Mir tut das gut, ein bisschen Deutsch zu sprechen. Wenn es Ihnen nichts ausmacht. Kommen Sie mit. – Wieder liefen sie durch die Gänge, durchquerten einen Ausstellungsraum, einen hohen Saal, in dem Miniaturhäuser, Puppenhäuser und verstaubte Modelle von prähistorischen Grabanlagen zu sehen waren. Malin öffnete eine Art Tapetentür. Sie stiegen eine enge Treppe hinauf. Langsam. Er folgte ihr, bemühte sich, Abstand zu halten.

Hier arbeite ich, sagte sie, eigentlich mit ein paar anderen. Aber die sind nie da. – Sie standen in einem riesigen Raum mit mehreren Ablagen und Arbeitstischen, die aus jeweils zwei Malerböcken und einem alten, durchgehangenen Türblatt bestanden. Darauf Papiere, einige kleinere Exponate, Tellerchen aus dem neunzehnten Jahrhundert, zwei oder drei Schiffsmodelle. Stiche. Es war warm und still, wie in einer Scheune an einem Septembernachmittag, und es roch nach frisch gehobeltem Holz. An einer Wand standen auf Spanplatten aufgezogene Werbeplakate aus den Fünfzigerjahren. Amerikanische Haushaltsgeräte. Einrichtungsgegenstände, schwarz-weiß. Der Raum wirkte unaufgeräumt, aber nicht chaotisch. Von draußen drang kein Geräusch herein, nichts. Ein durchaus beherrschbarer Zustand, dachte Karsten. Das passt ganz gut zu dieser Frau, so in etwa schätze ich sie ein.

Das Licht fiel durch elliptische, mit einem Kreuz geviertelte Fenster, die zu hoch in der Wand waren, als dass man die Stadt hätte sehen können. Dabei müsste der Blick sehr schön sein von hier, glaubte er. Malin erklärte: Wir befinden uns über dem großen Saal. Es gab Pläne, eine gewaltige Kuppel auf das Gebäude zu setzen. Aber das war ihnen dann doch zu teuer. Trinken Sie Tee?

Sie hatte die ersten Lebensjahre in Hamburg verbracht, wo ihre Eltern Politologie studierten. Anfang der Siebziger. Ihr Vater war Deutscher. Sie hatten sich im Studium kennen gelernt, bei irgendwelchen Ausschusssitzungen oder Aktionstagen, waren dann nach Kalmar, in die Heimatstadt ihrer Mutter, gezogen. Irgendwann hatten ihre Eltern sich scheiden lassen. Wir behindern uns gegenseitig, hatte die Mutter gesagt. Wir haben keinen Spielraum. Und sie hatte tatsächlich geglaubt, dass ihre Tochter etwas anfangen könnte mit diesen Erklärungen. Lächerlich, meinte Malin. Später dann sind sie wieder zusammengekommen.

Malin hatte Kunstgeschichte studiert, in Uppsala und zwei Jahre in Paris, wo sie, so erzählte sie, einsam gewesen sei. Nie war ich so einsam, nicht einmal hier, obwohl alle meine Freunde längst weggezogen sind. Über alle Berge. Stockholm. New York. Rom. Sie arbeitete als Volontärin in diesem Museum. Weil ihr nichts Besseres einfiel. – Ich langweile mich zu Tode, sagte sie, das heißt, es gibt schon Einiges zu tun, ein paar interessante Entdeckungen habe ich gemacht. Aber es hat mit Kunst nichts zu tun.

Nur Don kümmerte sich um mich in Paris. Mein Mentor, Vaterersatz, Freund. Ein amerikanischer Philosoph, Frege-Spezialist. Frege, Quine, diese Sachen. Ich kenne mich damit nicht aus. Er vertrieb sich mit Lehraufträgen, Nachhilfe, Englischunterricht die Zeit. Siebzig Jahre alt, sah vollkommen verrückt aus. Ungepflegter grauer Bart, weiß durchsträhnt. Verschiedenfarbige Socken in ausgelatschten Sandalen. Zu kurze Hosen. Quer gestreifte, fleckige T-Shirts. Don sah aus, als wäre er gerade aus einer geschlossenen Anstalt entlassen worden. Dabei lebte er ein vollkommen intaktes, bürgerliches Leben. Seine Frau, eine französische Bibliothekswissenschaftlerin, jettete von einer Tagung zur anderen, veröffentlichte lange Aufsätze mit vielen Fußnoten über Datenbanken, elektronische Katalogsysteme und neue Medien. Die Tochter war Assistenzärztin in New Jersey, lesbisch, mit einem Sohn namens Tanner. Und Don hatte drei, vier Freunde, ehemalige Studenten, und er hatte seine Familie und die Familie seiner Frau und er sprach über nichts anderes als über diese fünfzehn oder zwanzig Leute, mit denen er in Kontakt stand, und es schien ihn nichts anderes wirklich zu interessieren. Nicht einmal Quine. Nicht einmal Paris. Immer nur die Geschichte dieser Familie, wer mit wem nicht zurechtgekommen war und warum, wie sich dieser oder jener entwickelte. Tanner kann schon telefonieren und Tanner sagt dies und Tanner sagt das. Und er hatte Spitznamen für seine Freunde, die er alle schon mindestens zwanzig Jahre kannte. Der eine hieß Macho-Man, ein anderer Springfield. Dieser Springfield, über den ich alles weiß, obwohl ich ihn nie gesehen habe, war schizophren. Er wurde behandelt, hatte Rückfälle, zog zu seinen Eltern (in Springfield irgendwo in den Südstaaten), versuchte es wieder allein, arbeitete in einer Putzkolonne in einem Bürohaus, wurde gefeuert, arbeitete als Wachmann für einen Zirkus in Ohio oder Oklahoma, wurde gefeuert. Versuchte sich umzubringen. Dann nahm er wieder seine Tabletten, besorgte sich ein Zimmer, fand eine Stelle. Und so weiter. Don konnte stundenlang davon erzählen. In einem Café, im Park. Und es war nie ermüdend, obwohl er immer nur über diese paar Leute sprach. Niemals urteilte er dabei. Er machte niemandem Vorwürfe, am wenigsten sich selbst. Ein vollkommen unkritischer Mensch, einer, der sammelte, der von diesen Geschichten, Schicksalen lebte, niemals sagte, dies oder das hätte Springfield tun sollen, das Medikament hätte er nicht absetzen dürfen, die Eltern hätten wachsamer sein sollen. Nur seinen eigenen Vater, dessen Tagebücher er las und Seite für Seite in seinen veralteten Computer tippte, den hat er gehasst. Alles, was er an Urteilskraft zu haben schien, schleuderte er seinem toten Vater hinterher.

Malin stand an einem der improvisierten Arbeitstische. Sie zeigte ihm Briefe, die sie sichten und sortieren sollte. Von Auswanderern, die aus Amerika, aus Iowa und Kalifornien oder aus Chile, an ihre Verwandten in der Heimat geschrieben hatten. Sie las vor, übersetzte das eine oder andere. Sie schrieben von Sehnsucht und Heimweh und Krankheit. Oder sie prahlten, versuchten sich zu rechtfertigen. So groß sind unsere Felder. So gut schmecken die Walnüsse aus unserem Garten. Und das bedeutete: Nein, wir haben keinen Fehler gemacht. Wir haben die richtige Entscheidung getroffen, als wir weggegangen sind. Trotz allem. In manchen Briefen ging es um nichts als um Kleinigkeiten, Haushaltssorgen, was alles fehlte, was man vermisste, wie schwer es war, das Haus zu heizen im Winter. Dass der Vater Gicht hatte, das Kind kaum sprach. Sie sollten einen neuen Pastor bekommen. Seit Monaten schon. Niemand kam.

Ihr Akzent war so schwach, er hätte ihn nicht bemerkt, wenn die Begegnung nicht in Schweden stattgefunden hätte. Er wäre vielleicht irritiert gewesen von der Aussprache dieser Frau, hätte sich vermutlich gefragt, woher der Eindruck des Bedächtigen, des Zögerlichen kam, den sie machte. Sie sprach deutlich, überdeutlich, war sich der Laute, die sie hervorbrachte, bewusster als andere Menschen. Die Vokale – wenn sie Wörter benutzte wie Großvater, Sandbank oder Kalmarsund – waren um Millisekunden länger als gewöhnlich, das A schien abgedunkelt, aber sauber, es spreizte sich in den Wörtern, schob die anderen Laute sanft, aber bestimmt zur Seite. Er mochte es, wenn sie seinen Namen sagte. Ihm gefiel der Klang seines Namens, in einer kalten Herbstnacht über einen Taxistand in Hamburg hinweggerufen.

Wer besucht dieses Museum?, wollte Karsten wissen.

Die Urlauber, erklärte sie, die deutschen Touristen, an den Regentagen. Leute wie Sie, Verirrte. Im Winter kommen Schulklassen und immer wieder auch einzelne Einheimische. Sie sind stolz auf ihre Stadt und auf das Museum.

Malin schenkte Tee ein. Heißes Wasser auf einen Beutel gegossen. Würfelzucker und Trockenmilch, winzige weiße Plastiklöffel. – Vor Weihnachten haben wir einen Tag der offenen Tür mit einem Basar, sagte sie. Und, nach einer Pause: Sind Sie allein hier?

Meine Frau ist mit den Kindern in diesem Wasserpark, sagte er.

Die Rutsche?

Ja, sie wollten auf die Rutsche. Der Ältere hat seit Tagen von nichts anderem geredet.

Wie alt?

Zwei und fünf. Malte wird jetzt drei.

Malte? – Malin rührte in ihrem Tee, obwohl sich das Milchpulver längst aufgelöst hatte.

Eigentlich Friedrich. Er heißt Malte, weil er Malzbier mag und Malzkaffee und Malzbonbons.

Sie lachte. – Rilke, nicht wahr?

Ja, sagte Karsten, Rilke. Dieser Rilke-Roman. Ich habe das nie gelesen. Rebecca, meine Frau …

Malin erzählte, dass sie sich in Deutschland beworben hatte. Auf mehrere Stellen. Das Bauhaus-Archiv in Berlin, eine kleine, einflussreiche Zeitschrift mit dem Titel *Kunst+Kunst*, eine grafische Sammlung irgendwo, aber sie meinte, dass sie sich mit Grafik nicht auskenne, keine Chance habe auf diese Stelle. Schließlich noch in S. im Landesmuseum. Einfach so, die Bewerbung kostet nichts, man kann es ja versuchen, das Museum hat einen hervorragenden Ruf. Ich muss hier raus. Karsten hatte sich an die Wand gelehnt, unter einem Fenster, er überblickte den Raum. Staub hing in den Strahlenbündeln, die durch die Fenster fielen. Er sah Malin zu, die weitersprach, während sie auf einer der großen Ablagen unkonzentriert nach etwas suchte.

Später haben meine Eltern wieder geheiratet. Ich war sechzehn und ging noch zur Schule und wohnte in einer Schüler-WG in Nybro – Da seid ihr mit dem Wagen durchgekommen, nicht wahr? – da hat meine Mutter angerufen und gesagt, ich habe eine Überraschung für dich, dein Vater und ich, wir werden noch einmal heiraten, und ich habe gerufen, das kann doch nicht wahr sein, nicht zu fassen! Ihr seid wohl bescheuert? Das ist lächerlich, ihr könnt einen Fehler nicht dadurch wieder gutmachen, dass ihr ihn noch einmal begeht, und was soll ich meinen Freunden hier erzählen...? Die lachen euch aus und mich dazu. Ihr braucht dann nicht mehr zu kommen, um mich abzuholen, dann fahre ich mit dem Bus, weil, wenn ihr kommt, dann werden sie sich nicht mehr einkriegen: Da sind sie ja, die Frischverliebten, Malin, deine Eltern sind da, werden sie rufen und sie werden fragen, ob ich mit euch in die Flitterwochen fahre. Das war sechsundachtzig oder siebenundachtzig und mein Vater ist wieder eingezogen und kaum ein Jahr später war er tot. Krebs. Ein paar Monate haben sie tatsächlich zusammen gewohnt und haben zusammen gekocht und waren wohl glücklich und ich habe mich geschämt, dass ich so hart und unverständig gewesen war, aber sie haben nie etwas darüber gesagt. Sie wären nie auf die Idee gekommen, mir einen Vorwurf daraus zu machen. Dann hatte er eine kleine, hartnäckige Entzündung an der Stirn, kurz darauf waren seine Schultern und sein Rücken mit roten Flecken übersät, die irgendwann aufbrachen und nicht mehr heilen wollten. Ein paar Wochen später hieß es, er habe einen Tumor im Kopf und Metastasen überall. Sie haben ihn nicht mehr operiert.

Was machen wir hier? Was erzählst du deiner Frau? Wie heißt sie, Rebecca?

Er nickte, steckte seine Hände in die Taschen.

Komm mit zu mir, sagte sie. Ich habe einen leckeren Portwein zu Hause. Ein Freund, ein Brite, der in Portugal wohnt, Alentejo, und da Biowinzer spielt, hat ihn mir geschickt.

Karsten ließ sich mitziehen. Ging schweigend neben ihr her.

Ist sie schön?, wollte Malin wissen. Wie alt ist sie? Lass mich raten, sie ist blond. Du magst blonde Frauen, ja?

Was Rebecca ausmachte, war nicht ihre Größe oder ihre Haarfarbe, auch nicht die Tatsache, dass sie eigentlich etwas zu kräftig gebaut war für seinen Geschmack, es war ihre Stimme und ihre Art, sich zu bewegen. Sie war schön, ja, sie war jetzt genauso schön wie damals, als er sie kennen gelernt hatte, bei einem ganz normalen Abendessen bei ganz normalen Freunden. Ayses Bruder mit seiner damaligen Freundin. Die sich, so versicherten sie, obwohl sie dieses Essen zu viert arrangiert hatten, nichts dabei gedacht hatten. Die, so erklärten sie später, nie auf die Idee gekommen wären, Karsten und Rebecca zu verkuppeln. Obwohl, natürlich, jetzt sahen sie es, jetzt war es klar, dass es so hatte kommen müssen, sagten sie, aber wie elegant das war, wie ihr beide euch ergänzt, dafür hatten wir kein Auge. Dafür fehlte uns die Fantasie.

Schon damals, vor zehn Jahren, fand er sie eigentlich zu kräftig: Ihre Fesseln, ihre Schultern, es ging um Millimeter jeweils, die ihn störten, minimale Grenzüberschreitungen ihres Körpers, kaum auszumachende Ansätze von unerlaubten Rundungen, sogar ihre Haare waren etwas zu voll, aber Karsten wusste auch, sie hätte nicht anders sein können. Rebecca musste, um schön zu sein, ein paar Pfund schwerer, eine Kleidergröße kräftiger, etwas weniger zerbrechlich sein als andere Frauen, die er geliebt hatte. Ihre Natur und die Persönlichkeit, die sie herausgebildet hatte auf dieser Grundlage, forderten es. Was ihn eingenommen hatte, war ihre Stimme, eine manchmal raue, immer warme Stimme, mit der sie später, als sie zusammengezogen waren, sagte: Gibst du mir noch eine Scheibe? oder: Machst du das Licht aus? Das konnte ihn um den Verstand bringen, diese Stimme, einfache Sätze in solchen Momenten. Und er mochte ihre Augen, irgendwo im grün-grau-Bereich irisierend – er behauptete, die Farbe sei wetter-, möglicherweise temperaturabhängig –, und dann verliebte er sich ein zweites Mal in sie wegen der lockeren, fast respektlosen Häuslichkeit, die sie an den Tag legte. Wenn sie, während sie sich mit der elektrischen Zahnbürste die Zähne putzte, durch die Wohnung lief und Fenster öffnete oder schloss, Handtücher einsammelte, sogar den Geschirrspüler einräumte oder den Fernseher ein- oder ausschaltete, und wenn er sie dann fragte, Warum machst du das jetzt, das stört, oder, Kann ich meine Sendung zu Ende sehen?, dann konnte sie nicht antworten, weil sie diesen Zahnpastaschaum im Mund hatte oder weil sie nichts hörte außer dem Surren ihrer geliebten Braun-Zahnbürste. Er hasste es und er liebte es, wenn der Spuckeschaum, was manchmal vorkam, von ihrem Kinn auf die Dielen tropfte, und sie einfach drauftrat, einfach mit ihrer Socke drüberwischte.

Da hast du es, sagte er zu Malin, da hast du deine Antwort. Rebecca ist schön. Sie ist, in ihrer eigenen Welt, die schönste Frau. Sie setzt ihre eigenen Maßstäbe.

Es gab Tage in diesem ersten Sommer mit Malin, an denen er sich abends nicht mehr erinnerte, ob die Sonne geschienen hatte oder nicht. Es war ihm egal. Er mochte ihre Wohnung, eine Dachwohnung mit einem kleinen Balkon, auf dem sie Kräuter zog, was nicht einfach war bei den kurzen Sommern. Ihr Rosmarin hatte einen kleinen, verwachsenen Stamm, beinahe wie ein Bonsai, sie sagte, die Pflanze habe schon drei, vier schwedische Winter überlebt, immerhin. Ich werde einen weiteren Winter hier allerdings nicht überleben, meinte sie.

Du könntest sie kennen lernen. Du solltest Rebecca kennen lernen, schlug er vor. Du wirst sie mögen. Man muss sie mögen, sie ist intelligent und anspruchsvoll auf eine unaufdringliche Weise. Sie verlangt, dass man ihr zuhört und dass man sie ernst nimmt. Dabei ist sie fahrig manchmal, unkonzentriert. Sie liest Krimis, nichts als Krimis. Auch ich mag sie und das ist wahrscheinlich unser Problem. Eins davon.

Die Kinder sind so, wie Kinder sein sollen. Unglaublich süß und sie töten mir den letzten Nerv. Chris vergöttert mich im Moment, das ist so eine Phase, ich mache mir nichts draus, er holt mir sogar Bier aus dem Kühlschrank, ist ein bisschen zu unterwürfig. Rebecca beschwert sich darüber, der Junge ist nicht dein Hausboy, sagt sie dann, hol dir selbst dein blödes Bier. Also hole ich mir selbst mein blödes Bier. Aber wenn ich von einer langen Reise zurückkomme, setze ich mich in die Badewanne und Chris holt das Bier und da kann auch Rebecca nicht so kaltherzig sein, weil sie sieht, wie fix und fertig ich bin. Und dann ist wieder alles beim Alten. Chris sagt, willst du ein Bier, Papa, ich hole es dir und ich nicke nur und sacke in der Badewanne ab, tauche unter, es macht blublublub.

Komm vorbei, wir essen heute Abend in dem Fischrestaurant am Hafen, mit der Terrasse. Komm einfach vorbei, so gegen sieben, dann lernst du sie kennen, alle drei.

Hast du ihr von mir erzählt?, wollte sie wissen.

Sie weiß noch nichts über dich. Nur, dass es dich gibt. Sie merkt es immer, wenn ich mich verliebt habe.

Rebecca verliebt sich nicht in andere Männer, aber sie nimmt sich, was sie braucht. Ja, natürlich tut das weh.

Ein kurzer Stich morgens am Frühstückstisch. Aber es trifft keine lebenswichtigen Organe. Sie kommt zurück mit einem unordentlichen Knoten im Haar und sie ist müde, demonstriert innere Zufriedenheit, Gelassenheit. Dabei glänzen ihre Augen, zeigen Spuren der Erregung, die sich gerade erst gelegt hat. Und sie isst, als hätte sie drei Tage gehungert. Aber es ist besser so, dieser kurze Stich, besser, als wenn es immer und überall wehtut. Weil man sich hasst und anlügt und nicht loslassen kann.

Die Kinder verstehen nicht. Es interessiert sie nicht, sie kennen es nicht anders.

Malin glaubt es ihm nicht, kein Wort, sie kann sich nicht vorstellen, dass das funktioniert. – Es funktioniert auch nicht, erklärt Karsten, nicht so, dass wir die perfekte Lebensform gefunden hätten. Aber wir leben ja. Besser als andere. Besser, schätze ich, als die meisten. Die Kinder leben ganz gut. Das Wichtigste in ihrer Welt ist im Moment die Rutsche. Zu Hause in Berlin sind es die Spielsachen, Bücher. Was zählt, ist, dass wir da sind und ständig neue Sachen kaufen und ihnen zuhören. Abends etwas vorlesen. Das ist doch keine schlechte Kindheit.

In der Buchhandlung in Hamburg mussten sie sich entscheiden. – Es kann so schön sein am Strand in dieser Jahreszeit, meinte Karsten. Das brauche ich dir nicht zu sagen. Wenn es diesig ist, wenn man die Nebelhörner hört. Wir suchen uns so einen alten Strandkorb und nehmen eine Wolldecke mit, ich habe eine Wolldecke im Auto, und dann setzen wir uns da hin und warten auf den Winter. Wir warten auf den Schnee.

Aber sie fuhren nicht nach Kalmar, nicht zurück, das war ausgeschlossen, weil er keine Papiere hatte und weil Malin nicht wusste, was sie da sollten. Als könnten sie etwas finden dort, das sie verloren hatten. Sie fuhren auch nicht nach Friesland, nicht auf die Inseln. Trotzdem kaufte Karsten das Buch. Malin bestand darauf, dass sie nach S. müsse, arbeiten, sie könne nicht ihr Leben anhalten wegen ihm. Sie setzte sich durch: Wenn du bei mir bleiben willst, dann komm mit. Dann fahr mich hin. So einfach ist das. Sonst nehme ich den Zug, dann bin ich noch heute Abend da. Morgen wasche ich meine Sachen und kaufe ein. Am Montag gehe ich zur Arbeit.

Ich will es ja, dass du bei mir bleibst. Ja, ich will, dass du mitkommst. Du gehörst zu mir. Jetzt, in diesem Moment, gehörst du tatsächlich zu mir.

Sie arbeitete in der Abteilung für Kunstvermittlung. Machte Führungen auf Deutsch und Französisch, schrieb Katalogtexte und Faltblätter und die Schildchen neben den Bildern. Mein Leben besteht aus nichts als Erläuterung, sagte sie. Ich umkreise ständig das Unerklärbare, habe den Blick immer darauf gerichtet. Jetzt war sie an den Vorbereitungen zu einer Emil-Schumacher-Retrospektive beteiligt, erzählte sie, sie wunderte sich über Schumachers Bildtitel, freute sich wie ein Kind daran. Bora, Sur, Adumin, so hießen diese Bilder, das hörte sich nach Privatsprache an, es war fremd und doch bekannt, immer auch unheimlich und irgendwie naiv, ein bisschen Griechisch steckte darin und weit Exotischeres. Sie entzündeten Assoziationsfeuerwerke. Adumin, das könnte ein Markenname sein, sagte sie, Backpulver oder Speisestärke, Siebzigerjahre. Gab es nicht so etwas? Mondamin, sagte er. Haben deine Eltern gekocht? Ich dachte, sie hätten in Studentenausschüssen Revolution geübt? Und er fragte: Erinnerst du dich an Tora Bora, den Tunnelkomplex, über dem die Amerikaner ihre sechseinhalb Tonnen schweren BLU-82 abgeworfen haben? Daisy Cutter nennen sie diese Bomben, das heißt Gänseblümchen-Mäher oder so etwas, dabei war da nichts, keine Vegetation, gar nichts. Mondlandschaft. Geröll und verstreut ein paar leere Patronenhülsen.

Bora Bora, ein Atoll. Französische Atomversuche, glaube ich. Timon, Lar, Wörter, die nichts bedeuten und auf alles hindeuten. Anpassbare Wörter, Wörter, die sich dem Kontext fügen, auch dem Kontext der regionalen Apokalypsen. Diese Wortschöpfungen haben mit allem zu tun und doch bleiben sie merkwürdig leer. Seltsam, still und schön. Das passt zu den Farben in diesen Bildern. Sie sind immer ganz nah dran an dem, was uns vorschwebt. Immer beinahe himmelblau oder aquamarin, aber doch nicht ganz genau. Beinahe blutrot. Das ist kein Blut, aber es sieht doch sehr danach aus. Beinahe schwarz wie das verkohlte Holz eines Dachstuhls. Grün wie das tiefe Grün einer Wiese in einem Kindheitstraum.

Auf dem Parkplatz hinter dem Hotel stand ein einziges Auto. Rückwärts eingeparkt von dem Pagen, der ihnen unheimlich geworden war. Weil er auch am Morgen wieder da gestanden hatte. Frisch, aufgeräumt, als brauchte er keinen Schlaf. Ein freundlicher Service-Roboter, neuestes Modell, hatte Karsten gesagt, beinahe noch in Hörweite der Rezeption. Zu perfekt. Menschen dieses Schlags machen mir Angst. Sie hatten ihm noch einmal Trinkgeld gegeben.

Fahr zurück nach Berlin, Karsten, sagte Malin. Überleg doch mal, was du hier machst. Das geht nicht. Das ist einfach nicht vorgesehen. – Sie war in der Einfahrt stehen geblieben. An einem schmutzig weißen Kassenhäuschen, in dem seit Jahren niemand mehr gesessen hatte. Die Fenster waren von innen mit Pappe verklebt.

Karsten hatte den Autoschlüssel in der Hand. Er drehte sich um, sah sie an. Er zog die Augen zusammen, blinzelte, als stünde sie im Gegenlicht. Dabei war nicht einmal zu erkennen, wo die Sonne stand. – Ich kann nicht mehr zurück, sagte er. Es macht mich krank. Berlin, die Wohnung, mein Ausziehsofa im Arbeitszimmer, alles.

Er setzte noch einmal an: Dieses Leben, das wir da versucht haben. Mir fehlt die Kraft dazu. Ich habe Angst, ständig. Angst vor mir selbst. Angst vor Rebecca. Weil sie etwas versucht. Weil sie glaubt, sie käme zurecht mit mir. Ich habe Angst davor, dass etwas reißt oder bricht oder zerspringt in dieser Wohnung. Ich habe Angst vor den Möbeln. Vor den Tischen und den Regalen. Vor dem Porzellan im Schrank. Vor allem, was unter Spannung steht. Sogar die Luft steht unter Spannung. Die Uhren ticken, ohne sich zu bewegen.

Es ist, als wenn jeder Atemzug ein bewusster wäre. Immer die Angst, das Atmen zu vergessen. Zu ersticken, weil ich die Kraft nicht aufbringe, die nötige Konzentration.

Ich habe niemanden außer dir, sagte er.

Und die Kinder?, fragte Malin. Ihre Stimme klang jetzt sanfter, verhaltener. – Malte und Chris? Was ist mit denen?

Sie werden es verstehen. In ein paar Jahren.

Nein, sagte sie resigniert. Nein, das werden sie nicht.

Sie könnten mich vergessen, sagte Karsten. Der Satz hörte sich an wie eine Frage. Eine Bitte. Er wusste, dass sie ihm den Gefallen nicht tun würde, das zu bestätigen. Nach einer Pause meinte er: Ich werde einfach aus ihrer Welt gehen. Das haben wir geübt, immer wieder. – Malin hatte die Arme verschränkt, den Blick auf den Boden gerichtet. Sie kratzte mit der Schuhspitze über den Asphalt.

Und was ist mit Rebecca?, fragte sie. Sie wirkte kraftlos, müde.

Rebecca, sagte er, und es klang härter, unbarmherziger, als er gedacht hatte, Rebecca hat immer schon gern die Zurückgelassene gespielt. In dieser Rolle gefällt sie sich.

Malin gab sich einen sichtbaren Ruck, löste sich von dem Kassenhäuschen, an das sie sich gelehnt hatte, ging auf ihn zu. Sie griff mit beiden Händen an seine offene Jacke, zog ihn an sich, lehnte sich gegen ihn, bis sie seine Bartstoppeln spürte. Karsten hatte sich nicht rasiert. – Ich habe mit ihr telefoniert, flüsterte sie. Heute Morgen.

Malin hatte angerufen, am Morgen, sie hatte im Bad auf dem Wannenrand gesessen, während er noch schlief, und hatte die Nummer gewählt, die sie so gut kannte.

Ist er bei dir?, hatte Rebecca gefragt.

Ja. –

Rebecca hustete und sagte eine lange Zeit gar nichts und dann erklärte sie, es gehe um die Kinder. In erster Linie um die. Und was ist mit dir, Malin?, fragte sie. Wir werden dich verlieren. Alle vier. Auch Karsten wird dich verlieren. Ich mache dir keine Vorwürfe.

Malin fror. Das war unfair, das war zu viel. Rebecca war so großzügig, legte ihr das alles irgendwie zu Füßen. Die ganze Familie. Das so genannte Glück dieser Familie. Rebecca fragte, wie es ihr gehe, ob sie zurechtkomme mit Karsten. Malin nahm es ernst, diese Sorge, weil das nicht von irgendjemandem kam, sondern von Rebecca. Die niemals ihre Gefühle verleugnet hatte. Die nicht lügen konnte. Rebecca wusste überhaupt nicht, was das ist, lügen. Sie konnte auch nichts vorspielen, wie Karsten meinte. Malin legte sich Badehandtücher über Schultern und Beine. – Chris hat sich gestern im Arbeitszimmer eingeschlossen, erzählte Rebecca, weil Malin nicht antwortete, und er hat geweint, dabei ist er jetzt in einer Phase, in der er keine Schwäche zeigen will.

Er war so verwirrt und ich stand an der Tür und er schrie mich an: Geh weg, du bist Schuld. Er meinte, ich hätte seinen Vater einfach gehen lassen. Er hat es gehört, als Karsten gesagt hat, ich komme nicht wieder. Ja, so etwas hat er gesagt. Ich komme nicht in dieses Leben zurück. Dann ist er gegangen.

Und Chris hat sich eingesperrt und er hat gemeint, ich hätte ihn zurückhalten können. – Warum hast du nichts gesagt, hat er immer wieder gefragt, warum hast du ihn einfach gehen lassen? Und ich habe im Flur auf dem Boden gesessen und schließlich wollte er wissen, wo er hin sei. Wo sein Vater hingefahren sei. Er saß dann ganz dicht an der Tür. Wir hätten flüstern können, so nah war er. Da habe ich gesagt, dass er zu dir gefahren ist. Dass er dich in Hamburg sucht. Und Chris hat gesagt, Scheiße, das ist Scheiße. Er hat das sofort verstanden. Er wusste, was das bedeutet. Er kommt nicht wieder, hat Chris gesagt, und Malin kommt dann auch nicht mehr zu uns.

Sie fuhren durch den Elbtunnel in Richtung Süden, sie kamen an die tiefste Stelle, die markiert war mit einem Muster an den Wänden, und Karsten erzählte, wie er vor fünfunddreißig Jahren zum ersten Mal hier durchgefahren war, auf der Velours-Rückbank im hellblauen 280 SE seines Vaters, nicht angeschnallt, wir sind aus Malmö gekommen, keine Ahnung, was wir da gemacht haben, sagte Karsten, auf jeden Fall habe sein Vater gesagt, passt auf, seht ihr, da an der Wand, dieses Muster, das bedeutet, dass hier die tiefste Stelle ist, und als er das sagte, stieß meine Mutter einen Schrei aus und mein Vater machte eine Vollbremsung. Ich wurde gegen die Lehne des Beifahrersitzes geschleudert, brach mir, wie sich später herausstellte, das Schlüsselbein. Vor uns auf der Fahrbahn lagen ein Kanu und Teile eines herausgerissenen Dachgepäckträgers. Wir standen an der tiefsten Stelle unter der Elbe mit abgewürgtem Motor, und, so denke ich heute, mit qualmenden Reifen, und mein Vater schaute sich nicht um, er sah seine Frau an und er wurde hochrot und begann sich aufzuregen, er schrie, das werde einen Satz Reifen kosten, diese Vollbremsung, ein Satz Reifen für den neuen Mercedes, das sei richtiges Geld und Scheiße und schuld daran seid ihr, ich muss mich auf das Fahren konzentrieren. Scheiße, das kostet fast zweitausend Mark. Und du da hinten hältst erst mal den Mund. Scheiß Kanu.

Malin saß am Steuer. Sie fuhr gern Auto. Karsten hatte das Fenster einen Spaltbreit geöffnet, er hatte sich eine Zigarette angesteckt, sah zu, wie der Rauch in einer Kurve hinausgesogen wurde. Dabei redete er ununterbrochen, er wollte einfach nicht, dass sie schwiegen, er erzählte diese Geschichte vom Elbtunnel und dann sagte er, unvermittelt, weißt du, einiges spricht dafür, dass Malte nicht mein Sohn ist. – Malin sah ihn kurz aus den Augenwinkeln an, spürte sofort, dass er es ernst meinte. Sie starrte auf die neu ausgebaute Autobahn. Saubere blaue Schilder fegten über sie hinweg.

Der sonderbare Name, den Rebecca eingeführt hat, erklärte Karsten, einfach so, sie hat einfach angefangen, ihn so zu nennen, ohne sich darum zu kümmern, dass wir uns auf Friedrich geeinigt hatten.

Aber ihr habt euch geliebt in dieser Zeit.

Ja, meinte Karsten, aber ein Einwand ist das nicht. Sie geht anders mit ihm um. Als hätten sie schon Geheimnisse miteinander.

Sie spazierten Hand in Hand über einen Waldweg, dann an Zäunen und Weiden entlang. Sie waren überrascht, als sie sahen, wie sich der Nebel in den Senken sammelte. Das kannten sie nur aus Wandkalendern von irgendwelchen Volks- und Raiffeisen-Banken. Sie waren an eine Raststätte gefahren, hatten getankt und Wasser eingekauft und eine Hand voll Schokoriegel und Karsten hatte eine Deutschlandkarte aus einem Drehständer gezogen und dann hatten sie alles auf den Rücksitz geworfen. Als sie schon wieder auffahren wollten, hatten sie eine offene Schranke entdeckt. Durchfahrt verboten. Sie hatten das Auto am Ende des Parkplatzes abgestellt, hinter den Lastwagen. Die Schranke hatte sie gelockt, das handgemalte Schild. Hier eintreten, hätte da auch stehen können, kommen Sie, treten Sie ein in das Zwischenreich des nicht mehr ganz Erlaubten.

Sie durchschritten diese Landschaft, die hunderttausend Jahre alten Verwerfungen der Gegend. Ihr Gang, ihr Atem glichen sich an, sie fanden einen Rhythmus. Rechts der Wald, auf der linken Seite brachliegende Felder. Es war nach vier, fraglich, ob sie es noch bis S. schaffen würden an diesem Tag.

Anfangs hörten sie noch das Rauschen der Autobahn. Sie liefen immer weiter, durch einen kleinen Wald, über mehrere Hügelkuppen, sie vergaßen, wer sie waren und wo sie waren und irgendwann erinnerten sie sich dann doch wieder an ihre Fahrt und an die Autobahn, über die sie gekommen waren, und sie stellten fest, dass es vollkommen still war. Kein Rauschen mehr von den Lastwagen, kein Wind, keine Menschen, keine Autos auf der Straße, an der sie jetzt standen. Es war eine kleine Landstraße ohne Mittelstreifen. Ich habe Hunger, sagte Malin und hängte sich an seinen Arm. Vielleicht finden wir etwas. Sie gingen die Straße entlang, immer langsamer. Nasse Wiesen, ein Hügel, eine Scheune auf diesem Hügel, mit riesigen, dunkelgrün gestrichenen Toren, aber nirgends war ein Bauer zu sehen. In diesem Türrahmen da hinten, sagte Karsten und zeigte auf den Seiteneingang der Scheune, da müsste ein Kaninchen hängen. Ich habe dieses Bild im Kopf, diese Vorstellung, wie es aussehen müsste. Zwei große Kaninchen vielleicht, längst ausgeblutet. Auf dem Boden eine schwarze, eingetrocknete Pfütze. Ich habe so etwas einmal gesehen. Irgendwo müsste ein Hund bellen. Alle halbe Stunde könnte ein Kohlezug vorbeidonnern. Da hinten, ist das nicht eine Bahntrasse? Malin spann den Gedanken weiter, sah auf den Asphalt, auf dem sie liefen, dachte an die Fotos ihrer Eltern und die Fernsehfilme aus den frühen Achtzigerjahren und die Bilder in den Geographiebüchern, die sie in ihrer Jugend gesehen hatte. Immer waren es Herbstbilder, sie schlug ihr Buch im Herbst auf und sah diese Wiesen und die Stoppelfelder und sie schlug das Buch im Frühjahr auf, wenn es heller wurde in Kalmar und sie neugierig war auf das Land, das sie als Kind verlassen hatte, und sie sah dieselben dunstigen Wiesen in der Dämmerung. Abgeerntete Felder, rotbraune Landschaften, unveränderlich.

Eine Wegbiegung, eine perfekte Rotbuche. Dort stand einer, der sie offenbar bemerkt hatte. Er blickte in ihre Richtung, verfolgte, wie sie den Weg hinaufkamen. Er hielt in der einen Hand eine grob gezimmerte Kiste mit einem Griff aus rundem Holz, in der sich einige Werkzeuge, Dosen und Utensilien befanden. Hinter ihm eine Backsteinmauer. Darin, wenige Meter weiter, ein schwarzes, gusseisernes Tor. Der Mann trug einen blauen Arbeitsoverall, darüber eine offene, gefütterte Cordjacke. Er betrachtete Malin, die elegant wirkte, elegant und groß, gerade in dieser unwirklichen Landschaft. Felder, Scheunen, Landwirtschaft wie eine Kulisse. Eine Parkanlage, in der alles, was nicht ins Bild gehörte, übertrieben schien, verzerrt, beinahe monströs. Gelegentlich vorüberfahrende Autos wirkten wie Kreuzfahrtschiffe in der Ferne: Erscheinungen, lautlos. Täuschungen und unsichere Wahrnehmungen. Und die Menschen, Fußgänger, die vereinzelten Passanten wurden zu riesenhaften Marionetten. Halb gelähmte Figuren, deren Füße den Boden nicht berührten.

Malin hielt sich an seinem Ärmel fest, schien ein wenig seitlich zu laufen, schien ihn zurückhalten, seinen Schritt mäßigen zu wollen. So sehen Städter aus, dachte der Mann, so vertraut, müde nach ihren langen Gesprächen, so kommen sie nachts aus den Restaurants und aus den Kinos: Die Frau hält sich fest, greift mit beiden Händen den Arm ihres Begleiters. Sie sagt etwas, scheint etwas zu erklären. Wahrscheinlich trägt sie unbequeme Schuhe.

Als sie näher herangekommen waren, hob der Mann drei Finger zum Gruß. Janssen heiße er, er stellte sich vor als Janssen, kein Vorname, keine Anrede. Ich bin Janssen. Ein Bauer, so erklärte er später, ohne Land, ein Bauernsohn, der für seinen Bruder, den Erben, arbeitete. Janssen war Alkoholiker. Das verriet die feine, violette Äderung in seinem Gesicht, die Verästelungen an den dünnen Nasenflügeln und unter den Wangenknochen. Er hatte ein paar Mal gut gemeinte Gespräche über sich ergehen lassen, mit seiner Schwägerin, mit dem Hausarzt. Der ihn zu einer ganzheitlichen Therapie hatte überreden wollen. Ganzheitlich, systemisch, so etwas. Aber er war nicht bereit, seine Schwäche einzugestehen. Er war nicht bereit, sich der Sache zu stellen. Nicht ganz. Wer etwas von ihm hören wollte zu diesem Thema, wer ihn fragte, dem sagte er, ich bin kein Trinker, ich bin einer, der trinkt. Das ist ein Unterschied. Morgens zitterte er. Manchmal trank er drei, vier Tage gar nichts. Darauf war er dann stolz.

Dieser Janssen redete auf sie ein, als hätte er seit Wochen keinen Menschen mehr gesehen. Wartete kaum ab, dass sie sich ihrerseits vorstellten. Mein Bruder kommt und holt mich ab, sagte er. Er verstand sich mit allen, erklärte er, mit dem älteren Bruder, der die Wirtschaft leitete, mit der Schwägerin, mit den Onkels und Tanten, die in der Gegend wohnten. Sogar mit der Mutter, die es ihm schwer gemacht hatte. Das war lange her. Er habe immer irgendwelche Pläne im Kopf, Flausen, so moniere sein Bruder, aber er sehe das anders. Er plane voraus, nicht einfach von Jahr zu Jahr, von Ernte zu Ernte, wie die Bauern hier, er habe immer gleich ein ganzes Jahrzehnt im Blick, manchmal mehr. Ich habe eine wissenschaftlich-philosophische Neigung, sagte Janssen. Ich glaube an den Fortschritt. Ich bin weiter als die hier. Als mein Bruder und die. Nur, manchmal muss man sich zurückfallen lassen, ganz bewusst. Sonst hält man das nicht aus.

Er hatte den Tag damit verbracht, das gusseiserne Tor zu streichen, eine Arbeit, für die ihn niemand bezahlte. Eine Gemeindesache. Er hatte sich Zeit gelassen, hätte es in zwei Stunden erledigen können. Weil er schon letzte Woche hier gewesen war, um das Tor mit einer Stahlbürste zu reinigen. Zum Glück hatte es nicht geregnet. Die Feuchtigkeit, die trotzdem in der Luft hing und auf den Wiesen lag, hatte er hingenommen, hatte sich gesagt, dass er ja wiederkommen könne, in drei oder vier Jahren, und dann noch einmal, immer wieder, alle paar Jahre. Denn die Farbe wird abplatzen, der Rost ist nicht weg, er hat sich nur zurückgezogen, er wird sich erneut den Weg ins Freie bahnen. Das macht mir nichts, sagte er, ich liebe diese stillen Samstagnachmittage, an denen nichts zu hören ist als der Schotter unter meinen Füßen.

Alle paar Jahre einmal hier draußen, das passt mir ganz gut. Da habe ich meine Ruhe, komme zum Nachdenken.

Er bot den beiden an, mit ihm zu warten. Sein Bruder müsse, so war es verabredet, in ein paar Minuten hier sein, sie könnten dann mitfahren ins nächste Dorf, zum Gasthof. Ob sie zum Bräutigam gehörten? Dann bemerkte er seinen Fehler, erklärte, dass es eine Hochzeit gebe im Dorf, der Bräutigam stamme aus München, es seien seit gestern viele Fremde da, überall stünden große Autos mit Münchener Kennzeichen, das würden sie ja gleich sehen.

Im einzigen Gasthaus tagte die Hochzeitsgesellschaft. Karsten und Malin traten ein, Janssen und sein Bruder, der kaum etwas gesagt hatte, nur ein kurzes, Na, dann steigen Sie mal ein ..., waren weiter gefahren. Janssen hatte erklärt, dass er nur kurz nach Hause wolle, er müsse sich umziehen, dann werde er, so drückte er sich aus, dazustoßen. Alle seien eingeladen, das ganze Dorf. Karsten und Malin hatten nicht vor zu bleiben. Sie schoben den dicken braunen Vorhang zur Seite, eine Art Pferdedecke mit gestepptem Rand, und standen mitten unter den Hochzeitsgästen. Der Raum war heiß und stickig, es stank nach billigen Zigarren, der Lärm war kaum zu ertragen. Sie wollten etwas trinken. Nur schnell etwas trinken und vielleicht ein Brot essen, schlug Malin vor, und sie schauten sich um und nirgends stand etwas von geschlossener Gesellschaft und tatsächlich hinderte sie niemand daran einzutreten. Sie versuchten, sich zur Bar durchzukämpfen und Malin meinte, sie könnten gleich ein Taxi rufen, das sie über die Autobahn zum Rastplatz zurückbringen würde. Sie wussten nicht, wo die nächste Auffahrt war.

Die Gäste sprachen nicht miteinander, sie schrien sich an, als wären sie alle mehr oder weniger taub, sie prosteten sich zu mit übertriebenen Gesten, klopften einander auf die Schultern und auf die Rücken. Hier und da ein freundschaftlicher Griff an den Ellenbogen. Malin wollte gleich wieder gehen, sie hängte sich an ihn und wollte ihn zurückhalten, sagte, Bitte, lass uns umkehren. Er verstand nicht. Sie sprach lauter, schrie es ihm ins Ohr. Das ist unerträglich hier, rief sie, bitte, lass uns gehen. So habe ich mir unseren kleinen Ausflug nicht vorgestellt. Aber Karsten ignorierte sie und zog sie einfach mit in Richtung Theke und dann kam auch schon die Wirtin und meinte, Kommen Sie, kommen Sie, wir finden schon noch ein Plätzchen für Sie, und die Hochzeitsgäste nickten, als sie die beiden sahen, die sich durchschlängelten zwischen den Stühlen, die Gäste nickten, schienen freundlich, aufmerksam, dachten wohl, dass die beiden zur jeweils anderen Familie gehörten.

Das Brautpaar, so erzählten die vier, an deren Tisch sie schließlich gesetzt wurden, war noch nicht eingetroffen. Seit der Kirche nicht mehr gesichtet worden. Sie suchen etwas, oder sie suchen einander, irgendein Streich, ein idiotischer, jahrhundertealter Brauch, ein Ritual aus dieser Gegend. Irgendjemand, ein enttäuschter Jugendfreund der Braut, irgendein Landtrottel, sagten die Münchener, hat eine Verwechslung inszeniert, hat sie zu ihm geschickt und ihn woanders hin. Da irren die frisch Vermählten in der Gegend umher, sie frieren und schimpfen und machen sich die Festtagsschuhe dreckig, während wir hier sitzen und auf die Rechnung ihrer Eltern Kaffee und Cognac trinken.

Noch einmal sagte Malin, dass sie gehen wolle. Bitte. Karsten bestellte zwei Bier. Sie konnte nicht verstehen, was er hier wollte, dass er in dieser rauchigen Gaststube saß und Spaß zu haben schien an dieser Veranstaltung, mit der er nichts zu tun hatte. Er hatte sich längst eingerichtet an diesem Tisch. Er wollte dazugehören. Er redete mit wildfremden Menschen über belangloses Zeug. Gestern hat er alles hingeworfen, dachte Malin, und er hat tatsächlich seine Familie verlassen, ganz hinter sich gelassen, alle mussten es gemerkt haben, dass er nicht zurückkommen würde, zurückkehren *in dieses Leben*, wie er gesagt hatte. Er ist einfach weggefahren und hat seine Kinder verlassen, Malte und Chris, einfach verlassen. Was ein Unding ist, was einfach nicht passiert in dieser Welt. Und jetzt sitzt er hier und verschwendet unsere kostbare Zeit. Diese paar Stunden, vielleicht die Einzigen, in denen wir tatsächlich zusammengehören, in denen wir so etwas sind wie ein Paar. Malin trank einen Schluck Bier. Die vier waren aus München gekommen, zwei Ehepaare, Freunde, so erklärten sie, des Bräutigams. Aus Schul- beziehungsweise Lehrzeiten. Sie stellten sich vor, hielten sogar die Hände hin zum

Schütteln, über die Gläser und Flaschen hinweg. Malin merkte sich den Namen Alfons, weil sie ihn ungewöhnlich fand, die anderen vergaß sie, noch bevor jeder mit jedem einmal angestoßen hatte.

Sie bestellten Cognac und begannen, die Familienverhältnisse zu erklären, sie trugen Familiengeschichten vor und erzählten aus der Jugend des Bräutigams und von ihren Reisen, Regenwälder und toskanische Städte und kubanische Strände und Karsten trank viel und schnell und er versuchte sie alle zu übertönen. Er redete um die Wette mit dem jüngeren der beiden Männer, spielte den Weltmann, spielte sich auf, er rief, waren Sie schon einmal in Genua? Genua ist nicht so schlecht wie sein Ruf. Eine sehr schöne Altstadt. Oder in Turin? Fahren Sie einmal nach Turin, es lohnt sich, wirklich. Ja, Turin sagen Sie? Ja, prächtig. Turin! Genua! Prächtige Innenstadt! Fahren Sie hin!

Taormina, das wird Ihnen gefallen, rief Karsten. Das Hotel *Francolani* in Fidicin, ein Prachtschuppen, umwerfend, ein wahres Grand Hotel, Alte Welt, der Charme der schönen Alten Welt! Das wird immer seltener, diese Eleganz, das Kultivierte, das ist etwas Besonderes, meinen Sie nicht? Muss man lange danach suchen heutzutage. Gehen Sie ins *Francolani.* Von der Terrasse aus sehen Sie einen wuchtigen, mittelalterlichen Turm, einen Wehrturm oder so etwas, und wenn Sie da reingehen, die Treppe hoch, landen Sie in einer bestens sortierten Bar, Pimm's mit Gurkenschale, Meerblick. Perfekt. Einfach perfekt. Das muss ich mir alles aufschreiben, sagte Alfons. Karsten erzählte, redete weiter, er erfand Orte und Hotels, er log, er übertrieb. Es ging offenbar nicht um die Wahrheit, es ging darum, zu zeigen, was für ein Mann er war oder was für ein Mann er heute sein wollte. Dass er Geschmack hatte. Sicher war. Weltmännisch. Endlich wurde es etwas ruhiger im Saal. Goma, dachte Malin, warum erzählt er ihnen nicht von Karatschi oder von Goma? Probieren Sie es einmal mit Goma, aber der Münchener weiß nicht, wo Goma liegt und ob man da Ski fahren kann, dabei hält er sich für weltgewandt und weit gereist und er möchte seine Unwissenheit überspielen, er meint, er hätte einen Onkel, der sitzt da hinten, schauen Sie, dort, an dem langen Tisch unter dem Fenster, der war Teppichhändler früher. Hatte einen gut gehenden Laden in München, Sendlinger Straße, hat nur mit ausgesuchter Ware gehandelt, mit antiken Stücken, Seidenteppichen, war in Persien in den Siebzigern und in Afghanistan.

Stühle fallen um, ein Geschiebe entsteht und die Musik ist aus, der Verstärker wird mit einem Knacken abgeschaltet. Malin sieht Karsten an, der mit den Schultern zuckt, und sie stehen auf, um zu sehen was passiert, und die Gäste rufen, fasst sie, fasst sie, lasst sie nicht laufen. Sie fangen ein Mädchen, sie fangen sie förmlich ein, wie in einem Hühnerstall. Das Mädchen läuft zwischen den Tischen durch und die Männer stehen auf und fangen sie ab und sie windet sich und stößt sie weg und duckt sich noch einmal unter einem der langen Tische weg und läuft schließlich durch ein Spalier, das sich spontan gebildet hat, bis sie nicht mehr weiterkommt. Die Männer halten sie fest und rufen, wir haben eine Braut, wir haben eine Hundsbraut! und das Mädchen wehrt sich noch mit ein paar Tritten, aber sie lacht schon, sie kichert und kreischt, sie ist nicht mehr ernsthaft daran interessiert fortzukommen. Sie sieht aus wie achtzehn. Höchstens.

Dann findet eine Versteigerung statt, blitzschnell, irgendjemand hat sich das Mikrofon geschnappt und ein Alter reckt sich, so gut er kann, hält einen Hundert-Euro-Schein in die Luft und der Mann am Mikrofon schreit, zum Ersten, zum Zweiten, zum Dritten und dann: Verkauft, zugeschlagen, Dieter hat sie. Dem Dieter ist sie! Die Wirtin nimmt den Schein und der Alte umarmt seinen Sohn, der neben ihm steht und strahlt.

Jetzt wird die Braut geschmückt unter lautem Gejohle, ein Tischtuch dient als Schleier, sie legen ihr eine Kette aus Bierdeckeln um den Hals und jemand kniet sich hin und hebt ihren Fuß hoch und schiebt ihr ein Gummiband bis hinauf übers Knie und an dem Gummiband unter dem Rock befestigen sie Blumen, die sie aus den Tischgestecken ziehen, und geblümte Servietten. Das Mädchen weint und lacht und sucht in der Menge nach ihren Eltern, aber sie wird so dicht bedrängt, sie kann niemanden erkennen. Überall Hände, Männerhände. Einer kommt an sie heran, es ist Janssen, der gerade aufgetaucht sein muss, und schmiert ihr mit den Fingern Rouge ins Gesicht und dann reicht ihm jemand einen Lippenstift, mit dem er sie grell bemalt. Der Alte, den sie Dieter nennen, hat das Mädchen für seinen Sohn ersteigert. Der spielt den Bräutigam und ist stolz. Er trägt ein geliehenes schwarzes Jackett, so groß, dass sie ihm die Ärmel umkrempeln müssen. In der Hand hat er eine brennende Zigarre. Du musst dran ziehen, rufen sie, sonst geht sie aus. Dummkopf. Sie schieben ihn in die Richtung der Hundsbraut, so nennen sie das Mädchen, es ist die Hundshochzeit, so machen sie das in diesem Dorf, ruft der junge Münchener, wenn die frisch Vermählten zu lange ausbleiben, dann sucht sich die Gesellschaft ein anderes Paar – sie lassen sich nicht lumpen, die Bauern hier –, und sie schmücken das Mädchen und sie versteigern es für irgendeinen guten Zweck. Die, die es trifft, hoffen vielleicht, dass später einmal etwas wird aus der Verbindung. Die Eltern dieses Mädchens haben Pech, sie können sich das nicht wünschen für ihre Tochter, das ist klar, aber sie spielen mit, sie haben gar keine andere Wahl. Und vielleicht wird ja tatsächlich etwas daraus. Es wäre nicht das erste Mal.

Die beiden stehen nebeneinander auf wackligen Stühlen, Hand in Hand, sie sehen sich nicht an, sie scheinen über den Saal hinauszublicken, in eine Weite, die es nicht gibt, sie hören den Lärm, das Klatschen und Grölen, das dumpfe, rhythmische Stampfen, Trommeln auf den Bänken und Tischen, sie hören die Stimmen, die sie rufen und anfeuern. Das sind ihre Freunde, ihre Familie, aber sie können sie nicht auseinander halten. Es ist eine Mauer aus Lärm, vor der sie stehen, und hinter ihnen zündet jemand ein Tischfeuerwerk, Funken sprühen in allen Farben und es knallt, dann qualmt es, die beiden sind verschreckt, das Mädchen kneift die Augen für einen Moment zusammen, aber sie drehen sich nicht um, weil sie sich nicht trauen. Sie werden gekrönt von diesem Feuerwerk, jetzt kommt ein zweites, einer, es ist wieder Janssen, hält die sprühende Dose hoch wie eine Fackel bei einem Siegeszug, so nah, dass dem jungen Mann die Asche in den Kragen regnet. Aber er rührt sich nicht, er steht da, breitbeinig, soweit das geht auf dem Stuhl, sie haben die Arme von sich gestreckt, die Handflächen nach hinten, als hätte man sie rückwärts gegen eine Wand getrieben.

Es qualmt weiter, aber der Qualm kommt nicht aus Janssens Dose, eine Tischdecke hat Feuer gefangen, die Gäste lachen und schließlich ruft jemand, man solle etwas darüber werfen, Kinder, wisst ihr nicht, wie man das macht?, aber sie haben nichts zur Hand, und ein älterer Mann schlägt mit einem Sitzkissen auf die Flammen und er lacht noch dabei und dann brennt auch das Sitzkissen und die Gäste applaudieren und halten es für einen Scherz, bis die Wirtin kommt mit einem Feuerlöscher und sie spritzt die weinende Hundsbraut voll mit dem weißen Schaum, weil sie nicht herumkommt bis zu dem Tisch, an dem das Feuer angefangen hat, und die Flammen sind längst außer Kontrolle geraten, fressen sich in Sekundenschnelle hoch an den Kunstfaservorhängen. Panik bricht aus. Die Wirtin verliert den Halt und fällt in der drängenden Menge, der Feuerlöscher liegt auf dem Boden und versprüht seinen Inhalt und dreht sich um sich selbst, immer schneller, immer wilder, bis sich der Druck erschöpft hat. Der Boden ist glatt, die Gäste schlittern in Richtung Ausgang, das Hundspaar steht über dem Chaos, mit aufgerissenen Augen und offenen Mündern. Sie ragen aus der Menge wie Heiligenfiguren bei einem sizilianischen Feiertagsumzug. Hinter ihnen und über ihnen das Feuer, Flammen züngeln bereits an der Holzdecke. Die Hochzeitsgäste schreien und schieben und treten.

Alle haben sie den Weg nach draußen gefunden, so heißt es, niemand wird vermisst, jetzt trifft sogar das eigentliche Brautpaar ein, dreckig, erschöpft. Aber sie haben sich vorgenommen, gute Miene zum bösen Spiel zu machen. Die Wirtin liegt auf dem Boden und hat einen Weinkrampf. Einige sind durch die Küche, einen geklinkerten Anbau, gelaufen und andere durch die Fenster ausgestiegen und irgendeiner war geistesgegenwärtig genug, die Hundsbraut einfach herunterzuziehen von dem wackligen Stuhl, und er hat sie mitgeschleppt und der Junge mit dem übergroßen Jackett hat sich dann auch gerührt, ist ihr gefolgt, treu und blind, als gehörte er wirklich zu diesem Mädchen. Seine Zigarre brannte längst nicht mehr.

Als die Feuerwehr endlich kommt, läuft Janssen in Richtung des Autos, er flüchtet oder er stiehlt sich davon, und Karsten und Malin laufen ihm hinterher, als wollten sie ihn stellen. Janssen hat Angst. Er hat Angst davor, verantwortlich gemacht zu werden, weil er das

Tischfeuerwerk mitgebracht hat, aber Karsten will nichts wissen davon, er geht gar nicht auf die Entschuldigungen ein. Janssen sagt, das ist immer so, das ist Brauch, die Wirtin hatte noch nie etwas dagegen, dass wir das Feuerwerk mitgebracht haben, das verstehen Sie doch, oder?, und Malin fragt, bitte, könnten Sie uns zu unserem Auto fahren? Janssen ist erleichtert. Klar, steigen Sie ein. Er hat eine Fahne. Karsten auch. Meine Jacke ist verbrannt, sagt Karsten und lacht. Das Handy ist weg. Aber er hat den Schlüssel und sein Portemonnaie in die Tasche gesteckt, weil er den Leuten im Gasthaus nicht ganz getraut hat. Recht so, meint Janssen. Man kann den Leuten nicht trauen, nicht einmal bei einer Hochzeit.

Das Mädchen, denk nur, das Mädchen stand auf dem Stuhl und dachte vielleicht, dass ihr die Flammen nichts anhaben könnten wegen des Schaums, weil sie voll gespritzt war mit diesem Schaum, und der Junge, der ist natürlich weg, und es war nicht die Dose von Janssen, mit der es angefangen hat, sondern es war Matta, Karsten Matta, der ziemlich betrunken war, schon als er mit den Münchenern über Taormina geredet hat und über Goma – über Goma! –, da war er betrunken. Cognac und Bier und Schnaps haben sie ihm gegeben auf leeren Magen und Malin wunderte sich zuerst, sie mochte es eigentlich, wenn er ein bisschen betrunken war, er wurde dann manchmal sehr lieb und zutraulich und war dann sogar bereit, mit ihr über die Dinge zu sprechen, die ihr wichtig waren, aber da war er richtig betrunken und er muss sich zur Bar durchgedrängelt haben, wo eine Schale stand mit Streichhölzern, weiße, mit dem Namen des Gasthauses bedruckte Heftchen. Sein Feuerzeug lag ja im Wagen. Dann ging er zu Janssen, der ihn begrüßte. Na Kumpel, sagte Janssen, habt ihr schon Spaß gehabt hier?, und irgendwie ist dann das Feuer ausgebrochen. Janssen dachte natürlich, er sei es gewesen mit dem Tischfeuerwerk, das war nahe liegend, und Karsten hatte keinen Grund, es ihm auszureden, und es war auch viel zu laut, sie brüllten nur, die Flammen, die Flammen, sie züngeln, wir haben eine Flammenbraut, herzlichen Glückwunsch, junger Mann, du hast eine wirklich heiße Braut, und schon kam die Wirtin und fing an die Gäste zu besprühen und Malin ging nach hinten und stieß ein Fenster auf. Dann das große Chaos und alle versuchten, durch die enge Tür zu kommen, durch den Windfang mit der braunen Pferdedecke und sie entkamen, beinahe alle, der Junge mit dem übergroßen Jackett sprang einfach von seinem Stuhl und rannte weg und die Braut weinte, es war ein Elend, das zu sehen, sie stand in ihrem weißen Schaumkleid und dachte, jemand würde sie holen, wenn es wirklich zu heiß, richtig gefährlich würde, aber es kam niemand, sie retteten sich alle selbst, und die Decke brannte und schließlich brannten die Möbel und die Tischbeine, die aus Plastik waren, schmolzen und bogen sich und die brennenden Tische mit den Getränken und den lichterloh brennenden Gestecken sackten einfach so in sich zusammen. Draußen schob sich die Menschenmenge bis hinauf zur Kreuzung, jeder versuchte nur, sich in Sicherheit zu bringen, bis eine Frau rief, meine Tochter, wo ist meine Tochter, die Hundsbraut? und der Alte, der sie ersteigert hatte, suchte nach seinem Sohn und der Sohn suchte dann tatsächlich nach seiner falschen Braut. Malin fand Karsten und Karsten sah Janssen, der zu seinem Wagen lief beziehungsweise zu dem Wagen seines Bruders lief oder torkelte, weil er dachte, dass er schuld sei an dem Brand und dem Desaster und an dem Tod des Mädchens, denn dass sie da nicht lebend rauskommen würde, das war klar. Karsten rannte hinter Janssen her, Karsten zog Malin, die nicht wollte, die sich nicht sicher war, ob Karsten etwas damit zu tun hatte, auf jeden Fall wollte sie warten, es war schon dunkel, und die Feuerwehr kam schließlich und die Polizei, da bogen sie ab auf die Landstraße, Karsten und Malin saßen hinten, er musste sie festhalten, damit sie nicht aus dem Auto sprang, und er hielt ihr den Mund zu, weil sie schrie. Janssen hatte so weit die Nerven behalten, dass er nicht davonraste, sondern ganz normal fuhr und keiner scherte sich darum, keiner merkte überhaupt etwas, weil gerade die Feuerwehr die prallen Schläuche auf die Reste der Gastwirtschaft richtete, von der nichts übrig war als der hintere Küchenanbau, durch den viele der Gäste geflohen waren, und der Kamin. Das Holz war weg und die glühend heiße, verklinkerte Fassade des zweistöckigen Gebäudes platzte regelrecht und stürzte in sich zusammen. Wir fahren auf die Autobahn, sagte Karsten, Janssen, du fährst uns zum

Rastplatz, da steht mein Wagen und dann hauen wir ab, wir nehmen deinen Wagen und du nimmst unseren, vielleicht bringt das etwas, allerdings waren sie beide betrunken und Karsten hielt Malin fest und lag beinahe auf ihr drauf wie jemand, der ein wildes Tier gefangen hat, ein Krokodil oder eine Raubkatze. Janssen fuhr jetzt schneller, es war ein großer Umweg zur Autobahn, sie mussten zurückfahren, zehn, zwölf Kilometer nach Norden, um zu der Auffahrt zu kommen, und Janssen hatte Angst und sagte, das ist Mord, das ist wirklicher dreckiger Mord, und Karsten sagte Nein, das ist Totschlag, etwas ganz anderes, wenn sie dir etwas nachweisen können, dann ist es vielleicht Totschlag. Und dann rief Karsten, er lallte und er sagte, ich bin hier der Mörder, ich habe meine Frau ermordet, und zwar gestern erst, ich bin aus dem Bad gekommen und da waren meine Kinder, zwei Söhne, fünf und acht, Malte bald sechs, und ich habe die Kinder in die Küche geschickt. Bleibt sitzen, bleibt da sitzen, bis ich euch hole, habe ich geschrien, und ich bin in mein Arbeitszimmer, das größte Zimmer in der ganzen Wohnung, da stand meine Frau und weinte und ich habe sie umarmt, hinter mir fiel die Zimmertür, eine schwere Altbautür mit Milchglas, ins Schloss und dann habe ich sie gedrückt, lange, so lange, bis sie sich nicht mehr bewegt hat. Es hat eine Ewigkeit gedauert. Erst lösten sich ihre Finger, ihre langgliedrigen Finger von dem Flaschenhals, sie hatte eine Rotweinflasche in der Hand, die Finger lösten sich langsam, einer nach dem anderen, und irgendwann fiel dann die Flasche dumpf auf den Boden, den Teppich, einen einfachen Kelim, den mir mein Vater geschenkt hat zur ersten Wohnung damals, und dann habe ich sie losgelassen, ganz langsam und sie ist zu Boden geglitten, wirklich geglitten. Die Kinder mussten ihre Taschen packen, ihre bunten Plastiktaschen, ihre Pyjamas und ein paar Spielsachen hineinstopfen, ich habe sie angetrieben und habe gesagt, raus jetzt, raus und wir waren schon auf dem Flur, da habe ich Norbert angerufen und Ayse, das sind Freunde von uns, die wohnen zwei Straßen weiter, und Norbert fragte, wie komme ich zu der Ehre, und ich erklärte, pass auf, Rebecca muss zu ihrer Mutter, der geht es nicht gut, es ist dringend und ich muss nach Paris, fliege heute Abend noch weiter, das weißt du ja, das habe ich euch ja erzählt, und könnt ihr die Kinder nehmen? Jetzt, sofort? Ja es tut mir Leid, ein Notfall, sie wird sich melden morgen Abend, wenn sie wieder in der Stadt ist, natürlich, und Norbert hat gesagt, klar, wenn es nicht anders geht, und da waren wir schon fast bei Norbert und Ayse an der Tür. Malin denkt die ganze Zeit, ich habe mit ihr telefoniert, ich habe ja telefoniert mit Rebecca, ich habe da gesessen auf dem kalten Badewannenrand. Aber jetzt war sie sich nicht mehr ganz so sicher und zutrauen musste sie ihm das ja, er war ganz offensichtlich vollkommen außer Kontrolle geraten, ein Mörder so oder so, er hat das Mädchen auf dem Gewissen, wie konnte er? Ich bin tatsächlich ausgeliefert, in der Gewalt eines Mörders, den ich geliebt habe, ich liebe diesen Mann, dieses Monster und ich liebe seine Kinder, wie alle dreiunddreißigjährigen Frauen alle Kinder im Vor- und Grundschulalter lieben, das hat er immer gesagt, spöttisch, herablassend. Das bedeutet nichts, hat er immer gesagt. Es ist nicht möglich, dass ich hier in dem stinkenden Bauernwagen liege, erdrückt werde von dem Mann, den ich liebe, auf der Flucht, weil die beiden eine Hundsbraut auf dem Gewissen haben, das Mädchen ist einfach stehen geblieben, das ist doch klar, sie war vorher schon vollkommen erstarrt, wie ein Reh hat sie da gestanden im Scheinwerferlicht, sie wusste überhaupt nicht mehr, was war und wer sie war und wie sie in diese Situation geraten war, dabei hatte sie noch gekichert, als die Männer sie eingefangen hatten und anfingen, ihr Blumen unter den Rock zu stecken an das Gummiband, das sie sehr hoch geschoben hatten am Oberschenkel, bis kurz unter ihre Scham. Das ist die Raststätte, denkt Malin, das Licht ist Autobahnraststättenlicht. Sie konnte nichts sehen außer den Lampen, weil Karsten sie auf die Bank gedrückt hatte, er saß fast auf ihr und sie wehrte sich überhaupt nicht, es hatte keinen Sinn, jetzt Widerstand zu leisten, und dann sagte Karsten, da hinten, ganz hinten durch, da steht der Wagen, Janssen, mach schnell, am besten drehst du um, fährst nach Norden an der nächsten Ausfahrt, wir fahren weiter nach Süden. Die Tür ging auf und Karsten zog Malin raus und Malin schlug ihm direkt ins Gesicht, so dass er ihre Hand losließ, um sich über die Augen zu fahren und Malin rannte los, wieder durch die Schranke und in den Wald, durch den sie am

Nachmittag spaziert waren, denn bis zurück zum Rasthaus hätte sie es niemals geschafft, Karsten und dieser Janssen hätten sie eingefangen, überwältigt, notfalls überfahren, zweifellos, kein Mensch hätte etwas gehört oder gesehen, also lief sie in den Wald aus Verzweiflung, sie hatte eine Riesenangst vor Karsten, Angst vor dieser Flucht und der Fahrt in Richtung Süden, was sollten sie machen?, er war vollkommen betrunken, das war ihr inzwischen klar und Karsten rannte hinter ihr her, rief, Janssen, hau ab, hau ab, ich kümmere mich darum, und Malin lief jetzt direkt in den Wald, nicht einmal mehr auf dem Weg, der eh kaum zu erkennen war, es waren Rotbuchen gewesen, Linden und Rotbuchen, deutscher Mischwald, so viel wusste sie noch von dem nachmittäglichen Spaziergang, und sie hatte keine Ahnung, warum ihr das jetzt einfiel. Sie lief immer weiter, immer tiefer in den Wald hinein und konnte jetzt wenigstens die Stämme erkennen, weil sich ihre Augen an die Dunkelheit gewöhnt hatten, aber sie stolperte immer wieder, sie fiel hin und Äste schlugen ihr ins Gesicht und sie hörte Karsten hinter sich, der hetzte hinter ihr her wie ein Hund, wie ein Spürhund, und sie erinnerte sich daran, was er ihr erzählt hatte von den Belgiern im Kongo, dass sie das Land regiert hatten mit Schäferhunden, mit nichts als Schäferhunden und ein paar Panzerwagen. Was sind Panzerwagen? Worin unterscheiden sie sich von Panzern? Räder statt Ketten, Räder statt Ketten, mit Kriegsgerät kannte sie sich nicht aus, auch wenn vor ein paar Tagen einer geschrieben hatte in ihrer Tageszeitung, dass man sich mit Kriegsgerät auskennen muss, wenn man die moderne Welt verstehen will, auch die Pazifisten müssten jetzt zwischen einer M-16 und einer M-226 unterscheiden können, eine M-226? oder hieß sie anders, auf jeden Fall ein Maschinengewehr oder ein Kampfflugzeug, neuestes Modell, die Belgier schießen mit FN-FALs und regieren mit Schäferhunden und die Israelis schießen mit Uzis und alle anderen schießen mit ihren AK-47 oder chinesischen Kopien, den Type 56 Schnellfeuergewehren, weil sie sich die leisten können, kosten gerade mal fünfzig Dollar in Pakistan, fünfzehn oder zwanzig in Angola. Small arms, Heckler & Koch, G-3, Karsten hat immer von deutschen G-3s geschwärmt. Malin lag im Dreck und horchte und ihr Herz schlug bis zum Hals und sie konnte Karsten hören, seine Schritte, das Knacksen im Unterholz und sein Hecheln und geweint hätte sie, wenn sie nicht solche Angst gehabt hätte. Malin drückte sich in das nasse Laub ...

Möglichkeiten, Bilder, die aus dem Dunkel auftauchen. Denkbares und Undenkbares spielten sich ab, dort, jenseits einer Schranke, die nichts versperrt und niemandem den Zutritt verwehrt. Sie sahen die Rücklichter, den Blinker, als Janssen auf die Autobahn fuhr. Dann war er verschwunden, hatte seine Nebenrolle erfüllt in ihrem Leben. Endlich, sagte Malin. Karsten schloss den Wagen auf und Malin stürzte sich auf die in Goldfolie verpackten Schokoriegel, hielt sie in beiden Händen, zeigte sie her wie einen Fund, schüttelte sie vor seinen Augen. – Schau mal, schien sie zu sagen, sieh doch nur, was ich da habe, schau es dir an. Als hielte sie Beute in den Händen, Goldbarren, nach einem Bankraub in einem schlechten Western. Er warf den Schlüssel auf den Fahrersitz und fasste sie, drückte seine Daumen so fest in ihren Puls, dass ihr Tränen in die Augen schossen, und dann führte er ihre Hände mit den Schokoriegeln an seinen Mund und schnappte danach und biss daran herum und es gelang ihm schließlich, mit den Zähnen eine Packung zu öffnen. Er spuckte die Folienecke auf den Boden und zog mit dem Mund einen Riegel heraus. Malin lachte und wand sich und rief, lass mich los, die gehören mir, du gieriger Sack, und Karsten ließ sie abbeißen von dem Riegel, den er wie eine Zigarre im Mund hielt. Sie kauten und schluckten und sie küssten sich, sie waren gelöst wie Kinder, aber Karsten hielt sie weiter fest, bis sie zu Ende gekaut hatten und dann küsste er sie wieder, sie trat einen Schritt zurück, Karsten drückte sie mit seinem Gewicht an den Wagen. Sie spürte seine Erektion. Die restlichen Schokoriegel fielen auf den Asphalt. Im Auto setzte er sich auf ihre Oberschenkel und zog ihr den Pullover aus, sie lachte und sah ihn an, fordernd, herausfordernd, er schob den BH herunter, sie befreite ihre Ellbogen aus den Haltern, blitzschnell, geschickt, wie sie das machte, sie nahm seinen Schwanz in die Hände und musste gar nicht viel tun, sie rieb ein bisschen und flüsterte, sagte ihm, was er hören wollte, sie wusste in diesem Augenblick genau, was er von ihr hören wollte. Sein Sperma schoss bis hinauf an ihre Kehle. Seine Finger krallten sich in ihren Nacken.

Hast du irgendwo Tempos?, fragte sie.

Ich weiß nicht. Ich liebe dich. Er atmete ihr ins Ohr, hielt sie fest, begrub sie unter sich.

Bist du noch betrunken?

Nein. Es geht. Ich liebe dich wirklich.

Malin drückte sich in das nasse Laub hinter der Raststätte, sie konnte die Autobahn hören, das Rauschen verhieß auf einmal Rettung, Sicherheit, das Atmen tat ihr weh, die kalte Luft und ihr Herz schlug bis zum Hals, wie damals als er ihr zum ersten Mal von Goma erzählt hatte, immer wieder Goma, der Münchener hatte keine Ahnung, wo Goma war, was es war und was es bedeutete, er hatte gefragt, willst du Ski fahren da? Kann man da Ski fahren in Gohmer und Karsten buchstabierte G-o-m-a, Goma, Kongoruanda, nein da kann man gar nichts, da wird scharf geschossen, und der Münchener sagte, a-ha ein Jagdgebiet. Ein Jagdgebiet, ein Flüchtlingslager an der kongolesischen Grenze, der Name einer Grenzstadt, der Name der wahren Hölle, ein Jagdgebiet, da haben Sie schon Recht, eine Art Wildgehege, abschussgerecht eingepferchte Menschen, Männer, Frauen, Kinder, Mörder und Unschuldige, Mörder und Mörder, Schlächter, Menschen, über eine Million Hutus im Sommer '94, was haben Sie gemacht im Sommer '94, ich lag im Gras, ich liege im Wald hinter einer Raststätte, hinter einer Scheißraststätte, irgendwo in Mitteldeutschland, ich weiß nicht einmal, wo in Deutschland und wie die nächste größere

Stadt heißt, wir sind zwischen Hamburg und S., so viel ist klar, aber das reicht nicht, das reicht nicht, beim besten Willen nicht, um sich in Sicherheit zu wiegen, nicht mal für einen winzigen Hoffnungsschimmer. Er wird meinen Atem hören, er wird meinen Schweiß riechen, er wird mich aufspüren, aber wenn er losrennt, und das wird er tun früher oder später, dann renne auch ich los und dann verliert er die Orientierung vielleicht, weil seine eigenen Schritte auf dem Waldboden, deutschen Waldboden, knacksen und rascheln und er seinen eigenen Atem dann hört, und vielleicht schaffe ich es dann, vielleicht schaffe ich es bis zu der Schranke und zum Rasthaus, wenn er mir den Weg nicht abschneidet, das Tier, er ist ein Mörder, das schon, aber Rebecca hat er nicht umgebracht, mit Rebecca habe ich telefoniert, und sie hat mir erzählt, wie sie im Flur gesessen hat und Chris im Arbeitszimmer, ich kenne dieses Arbeitszimmer, wir haben sogar miteinander geschlafen im Arbeitszimmer. Die Kinder schliefen und erst musste ich ihnen etwas vorlesen und Rebecca war irgendwo und Chris hat da gesessen und geweint, was soll er sonst machen, er ist acht und sein Vater haut ab, sagt, ich komme nicht zurück in dieses Leben, sie haben sich zu lange etwas vorgemacht, sie haben eine riesige Distanz zwischen sich und die Welt gelegt, tausend Kilometer, tausend Lichtjahre, Lichtjahre zwischen sich und den Rest der Welt, sie haben auf einem anderen Planeten gelebt, Karsten und Rebecca und die Kinder, sie haben gedacht, sie wären die perfekte Familie und sie müssten es nicht so machen wie die anderen, von wegen

Treue und Offenheit und Ansprüche aneinander, Hauptsache Respekt, haben sie gesagt, aber am Ende ist da nichts mehr, kein Respekt, kein gar nichts. Nur noch Hass. Rebecca auf der einen Seite der Tür und Chris, der Arme, auf der anderen, hat die Tür abgeschlossen, wie kommt es, dass sie Schlüssel in den Schlössern stecken haben?, das ist eine Familie mit kleinen Kindern, immerhin eine Familienwohnung, kindergerecht, da muss früher oder später etwas passieren mit den Schlüsseln, das weiß jeder. Da musste früher oder später etwas passieren. Mit Buschmessern, Macheten, erzählte Karsten, immer diese wie auswendig gelernten Sätze, da haben sie in ein paar Tagen soundso viele Tutsis zerhackt. Die Tutsis eine Kaste, kein eigenes Volk, das ist Propaganda, Tutsi- oder Hutupropaganda, dass es zwei verschiedene Völker sein sollen, die Hutukaste schlachtet die Tutsikaste ab, weil die Hutus Acker brauchen und die Tutsis Weiden oder umgekehrt, also verteilen sie Macheten ans Volk, hunderttausend aus China importierte Macheten oder Buschmesser und sie werfen die Körper und die abgetrennten Gliedmaßen über die Brückengeländer und am unteren Flusslauf besteht Seuchengefahr wegen der tausend aufgeblähten, angefressenen Leichen, die da entlang treiben, jeden Tag, da wo die Frauen hocken und ihre Kleider auswaschen.

Karsten hat auswendig gelernte Sätze aufgesagt, Sätze wie: Dann kam die Cholera, die Cholera kam nach Goma, was bedeutet das?, habe ich mich gefragt: Die Cholera kam nach Goma. Wo war sie vorher? und Karsten sagte so Sätze wie, die starben wie die Fliegen, sie krepierten massenweise und es dauerte keine Stunde und es wimmelte vor Maden, die Leichen wurden liegen gelassen am Straßenrand vor dem Lager, weil keiner die Kraft hatte, ein Loch zu graben, die wurden einfach liegen gelassen, bis sich irgendwann ein internationaler Gutmensch, irgendein Helfer mit Atemschutz erbarmte und eine Plane oder eine Bastmatte darüber legte.

Liebe Malin, geliebte Malin, hat er geschrieben, immer nur diese Postkarten, darauf stand, geliebte Malin, Grüße aus Karatschi, aus Burma Birma Myanmar, die Sonne scheint, die Generäle sitzen auf ihren Balkons und genießen das Wetter und darunter stand ka –, nichts weiter als ka – wie Karatschi. AK-47, hat er erklärt, damit schießt Asien, weil die billig sind, billiger und unempfindlicher als die deutschen G-3, und die Israelis schießen mit Uzis, auch ein echter Exportschlager natürlich, aber ungenau, man muss nah rangehen, sie gehen ganz nah ran, das üben sie, dagegen die Belgier, das waren die Präzisionsschlächter, die haben sich ihr eigenes Gerät gebaut gleich nach dem Krieg mit dem prosaischen Namen FN-FAL. FN-FAL, das sind echte Präzisionsgeräte, da gibt es sogar eine ganz ordentliche Scharfschützenversion, den Rest erledigten Schäferhunde, die auf deutsche Befehle abgerichtet waren, weil das die härtere Sprache ist, die Sprache, die sogar Hunde verstehen.

Malin, geliebte Malin, atmest du noch? Und hast du Angst vor mir, ich habe Angst vor mir, und der Wald hat Angst vor mir, der Wald schwitzt, ich liege in einer stinkenden Lache und zittere, ich habe Rebecca umgebracht und die Kinder, habe ich dir erzählt, meine Vermutung, dass ich nicht der Vater von Malte bin oder war? Ich bin es nicht, Malte ist oder war fünf, bald sechs, und Chris, das weißt du ja, der ging längst zur Schule, der war Mittelstürmer der evangelischen Grundschule Aloisstraße, ein Siegertyp, ein schönes Kind, der war acht. Malin, sage ich, Malin, du musst sprechen, weitersprechen, um zu überleben.

Anfang des Jahres brach der Nyiragongo aus, ein gewaltiger Lavastrom ergoss sich in die Stadt, dieses Goma, wälzte sich mitten durch das Zentrum bis hinunter zum Kivu-See. Die Stadt war die Hölle, das wussten wir längst, und die Hölle brannte und die Leute wunderten sich darüber. Wunderten sich, dass die Hölle heiß war und stank und dass die Leichen und die Körper der Erschöpften und Ausgezehrten auf dem Fußballplatz gestapelt wurden, wo sie von Soldaten mit Kalk bestreut wurden.

Die Journalisten, die die Flüchtlingskatastrophe von '94 miterlebt hatten, waren längst abgezogen worden. Natürlich. Über das normale Sterben brauchten sie nicht zu berichten. Jetzt wurden sie noch einmal losgeschickt. Sie standen in ihren Redaktionen, in den schicken, verglasten Büros in Hamburg und London und New York und sie bekamen ihren Auftrag und riefen, das kann doch wohl nicht wahr sein, ein Vulkanausbruch? Dort? Was sagst du, eine *gewaltige* Eruption? *Das* Goma, das Goma von 1994?

Sie landeten in denselben belgischen Versorgungsmaschinen, allerdings auf einer anderen Piste, weiter draußen. Der Flughafen lag unter zweihundert Millionen Kubikmeter dampfender, zähflüssiger Lava begraben. Sie hatten schon von weitem den Qualm entdeckt, vom Flugzeug aus am Horizont, sie hatten den Rauch gesehen, der senkrecht aufstieg in den weißen afrikanischen Himmel, so erzählte mein polnischer Freund, kein Wind, kein Hauch, und als sie herankamen und mit eigenen Augen sahen, dass der Lavastrom die Stadt in zwei Hälften geteilt hatte, durch Häuser, über Plätze, die Hauptstraße entlang bis in den wunderschönen Kivu-See geflossen war, eine Steinmasse, die niemals beseitigt werden würde, da fingen diese Reporter und Fotografen an zu lachen. Laut und hemmungslos zu lachen. Die standen da auf einem Hügel, einer Art Feldherrenhügel, und sahen das Chaos und die Steinmassen und den Rauch und hielten das alles für eine Inszenierung, einen schlechten Witz des Allmächtigen, du hast uns zu wörtlich genommen, riefen sie, wir haben immer gesagt, Goma, das ist die Hölle, und weil du nicht sprechen kannst, hast du uns zeigen wollen, dass wir Recht hatten, und du wolltest uns zeigen, wie es aussieht in der Hölle, wie es da stinkt und was aus den Menschen wird, und du hast die große Magmapumpe angeworfen und die ganze Scheißstadt in ein enormes, schwefeliges Flammenmeer verwandelt, einen riesigen Scheiterhaufen, einfach alles plattgewalzt. Zweihundert, dreihundert Meter breit war der Lavastrom, der sich im Schritttempo durch die Stadt schob, über den Flughafen, die Slums am Flughafen, die Märkte, die katholische Kathedrale, die Büros der Hilfsorganisationen. Alles verbrannt, begraben. Der Kivu-See kochte.

Du musst sprechen, um zu überleben, du musst sprechen, still still, denn sie sterben wie die Fliegen, sie krepieren massenweise, verstummen massenweise, das hat er gesagt, und wenn du ruhig liegen bleibst und dich an den Boden presst mit deinem ganzen Gewicht und dich ganz darauf konzentrierst, dann spürst du vielleicht, wie die Erde atmet, dann fühlst du das leichte Auf und Ab dieser Erde, das Pochen, das heraufkommt aus dem feuchten Inneren dieses Landes, in dem du geboren bist. Du bist nicht wirklich angekommen, sagst du, und hältst die Luft an, du bist nie wirklich heimisch geworden, und irgendwo raschelt oder knackt es im Gehölz und Tatsache ist, du hast dich selbst verstoßen, und du hältst noch immer die Luft an und du liebst diese Kinder, seine Kinder, aber das bedeutet nichts, und da liegt eine Frau, eine Leidensgenossin sozusagen und sie hustet und würgt und hustet und würgt und eine weitere Frau legt die Hände übereinander und sagt, my English is pain. So ein Satz. My English is pain.

Sie sind so verdammt aufgeklärt und so verdammt tolerant, reden von nichts anderem als von Respekt, und die Kinder bekommen nichts mit, sagen sie, die Kinder werden auf die Wasserrutsche geschickt, verschickt, vergnügt euch, seid vorsichtig, lauft nicht weg, und dann bricht es aus ihnen heraus, die ganze Anspannung, und Rebecca schläft mit einem Freund von Ayse, einem jungen Freund, einem großen Freund, einem Dichter, einem norddeutschen Dichter und Filmkritiker, Filmkritiker ist er auch noch, wohnt in Putbus, das ist auf Rügen, sagt sie, er hat ein historisches Landhaus auf Rügen und eine sehr geräumige, sehr helle, ziemlich teure Wohnung am Paul-Lincke-Ufer. Karsten derweil will wissen, woher die Goten stammen und Karsten will noch eine Tasse Tee und das heißt, er ist noch nicht fertig mit den Scheißgoten und er ist längst noch nicht fertig mit dir.

Sonntag

Im unteren Stauraum befinden sich Gerätschaften, die überwiegend im Bereich der Verkehrsunfälle (VU) benötigt werden: Hydraulikaggregat Typ Weber E-45, Schneidegerät S-180 und Spreizer SP-40. Daneben ein Mini-Permanent-Sauger von Vetter, Schneidbrenner mit Ersatzflaschen, Werkzeugkasten, Mulden, ein Hebekissen-Satz von Vetter (V12 bis V40), Octopus-Airbag-Sicherungen, Schnittschutzdecken, K.E.D.-Korsett und Halskrausen von Stiffneck. Rettungszylinder, Türschwellenaufsätze und Unterbau-Schiebeelemente sowie Greifzug und Feuerlöscher komplettieren den Einsatzbereich VU. Ein Replantat-Koffer befindet sich links der Schiebewand im hinteren Abschnitt des Med-Bereichs.

Unmittelbar nach Eintreffen des Kommandowagens um 0.41 Uhr erfolgte die Absicherung der Unfallstelle mit Hilfe von Heck-Blaulicht sowie einer Tri-Blitz-Anlage. Im weiteren Verlauf der Sicherung wurden eingesetzt: Leitkegel, Warnfackeln, Primär-Führungslicht.

Eine Lichtbrücke (Lichtpunkthöhe 7 m, hydraulische Masten) mit 2 x 1000 W wurde unmittelbar nach der Erstversorgung installiert.

Da funkenbildende Geräte wie Trennschleifer oder Brennschneidegerät nicht eingesetzt werden konnten, entschied sich die Einsatzleitung für den hydraulischen Spreizer sowie die am selben Aggregat angeschlossene Rettungsschere.

Den Rücken durchbiegen, leicht zurücklehnen, ohne einen Schritt nach hinten zu machen. Den Bildausschnitt vergrößern. Es geht darum, sich einen Überblick zu verschaffen und die Abweichungen zu minimieren.

Die Batterie konnte bereits vor Eintreffen der Einsatzgruppe von der Besatzung des Kommandowagens abgeklemmt werden.

Das Octopus Fahrer-Airbag-Sicherungssystem (Spinne) schützt Retter und Unfallopfer vor unkontrolliert ausgelöstem Fahrer-Airbag während der Rettungsarbeiten. Das System wird auf der Lenkradmitte platziert und mit Fixiergurten hinter dem Lenkradkranz installiert.

Ein Kommandowagen dient vorwiegend der Einsatzleitung zur Anfahrt und Erkundung von Einsatzstellen. Es werden daher Personenwagen (klein und wendig) mit geschlossenem, serienmäßigem Aufbau ohne Trennwand zwischen Fahrer und Mannschaftsraum verwendet.

Bei einer mittleren Brennweite, die wegen des im Verhältnis zur Normalbildkamera verkleinerten Bildsensors mit dem Faktor 1,6 aufgerechnet werden muss, entstehen unter Umständen größere Verzerrungen.

Der Hauptmann heißt Mutig. Er heißt tatsächlich Mutig. Joachim Thalheimer, das jüngste Mitglied der Kompanie, kniet an der Leitplanke und übergibt sich. Thalheimer ist abgestellt worden für die Fotodokumentation des Einsatzes.

Aufspreizen der Türen, Wegspreizen von Karosserieteilen. Das Hochstemmen der Lenksäule mit Hilfe eines hydraulischen Zylinders (Stempel). Schere und Spreizer sind auf dem Hydraulik-Aggregat abnehmbar befestigt. Vier Mann können die gesamte Einheit entnehmen und zum Einsatzort bringen. Die Schere dient dem Durchtrennen von Türpfosten, Türschwellen und Dachholmen.

Der Regen fällt schräg durch den Flutlichtkegel. Die Lampen dampfen. Vereinzelte Gaffer werden fortgeschickt. Ihre Hilfe wird nicht benötigt. Fahren Sie weiter.

Die Rettungsdienstfahrzeuge erreichten den Einsatzort über einen als Notauffahrt gekennzeichneten Wirtschaftsweg an Kilometer 42 der Bundesstraße. Die Witterungsbedingungen erschwerten die Arbeit nur geringfügig. Der zuweilen heftige Graupelregen führte zu minimalen Verzögerungen beim Aufbau der Sicherungs- und Beleuchtungsgerätschaften. Die Ankunft der Feuerwehr erfolgte bereits drei Minuten nach Eingang des Notrufs über 112.

Nachdem die Unfallstelle großräumig abgesperrt war, wurde sie mit dem Schnellangriffsschlauch gegen eventuelle Brandentwicklung abgesichert.

Nehmen Sie nur diesen Thalheimer. Er hatte so etwas noch nie gesehen. Neunzehn Jahre jung, der Mensch. Dachte, er wäre erwachsen. Dachte schon an Familiengründung, immerhin, seine Freundin war siebzehn, Problemhaut an der linken Schläfe, etwas zu gesprächig, aber sonst ganz nach seinem Geschmack. Jetzt steht er da, ein Uhr nachts, und soll das fotografieren. Überall Blut. Alles glänzt, blendet. Die Straße ist nass. Das Licht, immerhin, sehr gut, zwei mal tausend Watt, das reicht für die Außenaufnahmen, aber er blitzt trotzdem, ins Wageninnere hinein, da liegt eine Deutschlandkarte auf dem Boden im Fond und etwas, das aussieht wie ein Radio, buntes Plastik, ein Mikrofon aus gelbem Plastik, das muss ein Aufnahmegerät sein, denkt er, von Toys-R-Us oder so. Sie haben ihn vorbereitet, haben ihn gewarnt, dass Dekapitation, also vollständige oder partielle Abtrennung des Kopfes vom Körper, keine Seltenheit sei bei derartigen VUs, gerade bei Sportwagen und niedrigen Wagen, wenn sie unter einen Lastwagenanhänger geraten oder in der Leitplanke hängen bleiben. Aber der hier, der lebt noch. Sie durchtrennen die Dachholme auf der Fahrerseite, setzen den Spreizer an, biegen das Dach hoch. Joachim Thalheimer fotografiert mit der vom Einsatzleiter zur Verfügung gestellten Digitalkamera. Ihm ist speiübel. Das wird er auch zugeben, später, in der Nachbesprechung, dem kleinen Gedächtnis. So nennen sie das.

Die Notärztin und mehrere Rettungsassistenten versorgten den lebensgefährlich Verletzten, der über erhebliche Atembeschwerden klagte. Er wurde intubiert und wegen der starken Schmerzen narkotisiert. Zur Stabilisierung der Halswirbelsäule brachten die Rettungsassistenten das K.E.D. an, da mit Verletzungen der Wirbelsäule zu rechnen war. Mit dem Rettungsbrett hoben die Sanitäter gemeinsam mit den Feuerwehrleuten das Unfallopfer senkrecht aus dem Sitz. Das Unfallopfer erlitt unter anderem eine Rippen-Serienfraktur sowie eine Einblutung der Lunge, die zudem kollabierte. Er schwebte auch am Folgetag (Berichtstag) weiterhin in akuter Lebensgefahr.

Nach der Vermessung der Unfallstelle gab der zuständige Polizeimeister den Einsatzort zur Räumung frei. Der verunfallte PKW hatte sich unter der Leitplanke verkantet und wurde vom Technischen Hilfswerk (THW) unter Einsatz einer Seilwinde (5 to. Zugkraft) geborgen und anschließend abtransportiert. Die Fahrbahn wurde gefegt und von Öl- und Blutspuren gereinigt. Unmittelbar vor der Freigabe entdeckte der Fotograf Joachim Thalheimer am Ende der Böschung, im Übergangsbereich zu einem größeren bewaldeten Abschnitt, einen stark verschmutzten Schuh (modischer Turnschuh, Damengröße zirka 37). Die nähere Umgebung wurde von der Polizei mit Handscheinwerfern abgesucht. Ein Zusammenhang des Fundes mit dem Unfallgeschehen konnte jedoch nicht hergestellt werden.

So ein Satz.

Ähnlichkeiten mit realen Orten, lebenden Personen sind nicht immer zufällig und manchmal unvermeidbar. Trotzdem: Alles in diesem Buch ist frei erfunden. Ich danke Jockel Finck und A.